Le Livre de Poche Jeunesse

LE JOURNAL DE PHILOL

Yaël Hassan

Yaël Hassan est née à Paris. Après avoir passé son enfance en Belgique, son adolescence en France, et sa jeunesse en Israël, elle revient en France en 1984. Un accident de voiture survenu en 1994 mettra fin à une carrière de plus de vingt ans dans le tourisme. Mettant à profit le temps d'une longue immobilisation, elle écrit son premier roman qui remportera le Prix du Roman Jeunesse 1996 du Ministère de la Jeunesse.

Depuis, c'est avec infiniment de plaisir et de bonheur qu'elle se consacre à la littérature pour la jeunesse.

Yaël Hassan

LE JOURNAL
DE PHILOL

Ouvrage publié
avec le concours de Jack Chaboud

~~Le journal~~ de Philol... ?
~~Les chroniques~~ de Philol ?

— Eh, Isa, tu choisirais quoi, toi ? Journal ou chroniques ? Chroniques, c'est mieux, non ? Journal, ça fait ringard....

— Franchement, Philol, je ne sais pas, moi. Tout dépend de ce que tu veux mettre dedans.

— Ben... tout.

— TOUT ? T'es trop, toi ! Pas plus tard qu'hier tu voulais le jeter à la poubelle, ton journal.

— Je sais, mais il n'y a que les imbéciles qui ne changent pas d'avis ! Et puis, il est trop beau ce cahier.

— Et c'est quoi la différence entre journal et chroniques ?

— La chronique, c'est un recueil de faits historiques rédigés selon un ordre chronologique.

— Et le journal, alors ?

— Ben, c'est un peu la même chose, sauf que tu y racontes ta propre histoire...

— C'est ce que tu veux faire, non ?

— Oui, un peu, mais je voudrais aussi raconter les histoires des autres...

— De qui ?

— De toi, du lycée...

— Alors chroniques, c'est mieux.

— Tu sais quoi, je vais faire les deux !

7

— Comment ?
— Eh bien, faire un journal en y intercalant des chroniques !
— Un journal intime ?
— Non, un journal... de bord.
— C'est une bonne idée. Je pourrai le lire ?
— Euh... non, ça ne se fait pas.
— Mais puisque ce n'est pas un journal intime !
— Quand même...
— T'es trop grave, ma Philol !

MOAAAAAAAA !

Prénom : *Philomène, dite Philol…*
Profession provisoire : *lycéenne.*
Profession future : *journaliste.*
Âge : *15 ans tout juste (depuis hier en fait !).*
Lieu de résidence : *Paris.*
État civil : *un petit ami depuis peu, Benjamin ; parents divorcés ; une sœur, Adèle, 11 ans.*

Côté père : deux demi-frères, Sam et Louis, 8 et 6 ans, une belle-mère, Françoise (dont je parlerai en long, en large et surtout en travers plus tard), deux grands-parents que je ne vois que très rarement car ils vivent en Amérique.

Côté mère : une grand-mère du tonnerre, Mouchka.

Physique : *…*
Hauteur : *1,60 mètre.*
Taille de vêtements idéale : *39, mais ça n'existe pas !*
Cheveux : *châtain foncé.*
Yeux : *vert sombre.*
Caractère : *réservée avec les inconnus mais beaucoup moins avec les amis. Me mets facilement en colère mais pas rancunière pour autant.*
Meilleure amie : *Isabelle, dite Isa.*
Meilleure ennemie : *Aurélie.*

9

tugs ? clothes

Centres d'intérêt : mes amis, mon ordi, les fringues, écrire et lire, mais moins qu'avant car plus trop le temps.

Signe particulier : une fossette à la pommette gauche se creusant au moindre sourire. *dimple*

Autoportrait plus ou moins ~~réussi~~ raté

sin

Péché mignon : le chocolat.

Péché pas mignon : joker.

Mon petit TOC adoré : le jeu des 7 choses (pour ceux qui ne connaissent pas, explications plus tard).

Mon autre TOC que je voudrais voir disparaître : le fait de ponctuer mes phrases de LOL intempestifs. Je vous assure que je fais de louables efforts pour me défaire de cette sale habitude, surtout depuis que j'ai découvert en surfant sur le Net que le LOL « exprime un état *d'euphorie permanent et un manque de profondeur latent ».* Et, qui plus est, *« que l'expression est tombée en désuétude chez les plus de 15 ans au début des années 2000 »* !!! *LA HONTE SUR MOI !!!*

Pour en savoir plus, prière de tourner la page.

Présentations

Je m'appelle Philomène, Philol pour les amis. Je reviendrai sur mon prénom, car je me doute bien que je vous dois une explication.

Je suis en classe de 2nde, je vis à Paris avec ma mère et ma petite sœur.

J'ai 15 ans depuis pas très longtemps.

Le cahier sur lequel je vous écris (chers futurs lecteurs de la future grande journaliste), dont je n'arrive pas à choisir le nom, hésitant entre journal et chroniques, est le cadeau d'anniversaire que m'a offert ma mère.

J'avoue que, sur le coup, j'en suis restée sans voix d'indignation !

Mais ça n'a pas duré longtemps.

Et, comme vous pouvez le constater, je n'ai pas tardé à décider de m'en servir.

Journal ou chroniques, peut-être les deux à la fois.

Je veux y parler de moi, de ma famille, de mes amis, de mes amours, de ma vie de lycéenne, de ce que j'aime, de ceux que j'aime, de ce que je déteste, de ceux que je déteste... (Surtout de celle que je déteste...)

Il y a de quoi faire.

Bon, commençons par le commencement.

Je vous disais donc que mes parents étaient divorcés.

Je sais, ce n'est pas très original puisque c'est le cas de plus de la moitié des élèves de ma classe. Sauf que mes parents à moi ont trouvé le moyen de le faire deux fois !!! LOL (Oups, excusez-moi !)

Je vous explique : ils se sont rencontrés une première fois, se sont aimés (coup de foudre, d'après ce qu'ils disent !), se sont mariés, m'ont faite, puis se sont détestés et ont divorcé quand j'avais 2 ans.

Deux ans plus tard, ils remettent ça : se re-voient, se re-aiment, se re-marient, re-font un bébé (ma petite sœur) et puis se re-détestent et re-divorcent. Non, mais c'est à se demander ce qu'ils ont dans la tête, les adultes !

Et ils nous demandent, à nous, d'être raisonnables !

À un détail près, cette fois : papa s'est barré avec une autre femme, Françoise, avec qui il a maintenant deux autres enfants, deux garçons, Sam et Louis, que je hais cordialement, tout demi-frères qu'ils soient. Adèle, elle, s'entend plutôt bien avec eux... Quand elle veut me faire enrager, elle dit que c'est mieux d'avoir deux petits frères plutôt qu'une grande sœur comme moi. Elle dit ça, mais je sais qu'elle n'en pense pas un mot.

Elle m'adore.

Au point qu'elle veut tout faire comme moi, s'habiller, se maquiller... Elle n'arrête pas de me chiper mes trucs de maquillage que je retrouve planqués dans sa boîte à secrets.

Maintenant, revenons à l'essentiel, c'est-à-dire à ma vie, celle d'une ado dont les parents sont divorcés, ce qui, contrairement à ce que certains veulent nous faire croire, présente bien plus d'inconvénients que d'avantages.

Quelques exemples concrets :

1ᵉʳ exemple : Noël et les fêtes de fin d'année
Pour les enfants de divorcés, cette période-là est un véritable casse-tête.

Et pour moi en particulier : un CAUCHEMAR.

Papa et maman ont décidé d'un commun accord (tu parles !) que nous passerions le soir de Noël chez l'un et le nouvel an chez l'autre, et vice versa l'année suivante. Sauf que papa, lui, ne se retrouve jamais seul, tandis que maman, quand on est chez lui, si ! Et ça me rend malade de savoir qu'elle passe Noël en tête à tête avec le sapin. Et elle a beau prétendre que non, que ce n'est pas grave, qu'elle passe une soirée sympa devant la télé… À la manière dont elle nous serre contre elle quand on revient, je sens bien qu'elle a eu beaucoup de peine. Et ça me fait d'autant plus mal au cœur que je déteste Noël chez papa, avec sa femme et ses mômes, et que toute la soirée je ne fais que penser à maman qui doit pleurer toute seule dans son coin ! Enfin, je dis ça, mais je n'en sais trop rien, si elle pleure ou pas. Le fait est que ce n'est pas drôle de passer les fêtes familiales toute seule et ça, vous ne pourrez pas dire le contraire !

2ᵉ exemple : mes anniversaires

Normalement, je devrais avoir droit à deux fêtes d'anniversaire, non ?

Pourtant, je n'en ai de vraie ni chez l'un ni chez l'autre.

Chez ma mère, c'est un « goûter »…

Ben ouais, un truc qui a lieu à 4 heures, avec un gâteau, des bougies et quelques jus de fruits… Vous appelez ça comment, vous ?

Je le sais, que c'est la honte !

Quant à mon père, il m'invite au… McDo !!!

GRRRRR !!

Tout ça parce que ses débiles de mômes sont trop petits pour aller dans un vrai resto et, surtout, parce qu'ils ne savent pas se tenir correctement, ce qui résulte d'un simple manque d'éducation ! Mais qu'est-ce qu'elle fiche, leur mère ? Je n'en ai rien à faire, moi, de ses gosses ! Elle n'a qu'à les garder, sa femme, ce jour-là ! Une fois par an, j'ai le droit de sortir seule avec mon père, non ?

Peut-être que si j'avais d'autres parents, ça pourrait être franchement top avec deux méga-fêtes. Mais là, franchement, c'est nul, archi-nul à la puissance 2 !

Alors, cette année, pour mon anniversaire, je les ai envoyés braire tous les deux.

À mon père, j'ai dit :

— Soit tu m'emmènes moi toute seule dans un vrai restaurant, soit ce n'est même pas la peine !

Et à ma mère :

— Même pas en rêve ton goûter, maman. J'ai passé l'âge, tu comprends ?

— Je ne vois pas ce qu'il y a de ridicule à inviter tes copines pour venir souffler avec toi tes 15 bougies ! a-t-elle soutenu.

Le féminin ne vous aura sans doute pas échappé. Oui, elle a bien dit : tes copines ! Car, pour ma mère, je ne peux encore avoir que des amies filles. Des amis garçons ? Pas question, voyons ! Quant à un *petit* ami, je pense que l'idée ne l'a même pas encore effleurée.

J'ai 15 ans, pas 5 ! Il serait temps qu'elle s'en rende compte.

Mais ma mère a de la suite dans les idées et ne lâche jamais facilement l'affaire. Moi non plus, d'ailleurs, d'où nos fréquentes disputes.

En fait, pour dire la vérité vraie de vraie, si on se fâche souvent toutes les deux, ça ne dure jamais longtemps. Ni l'une ni l'autre n'est rancunière. Heureusement, d'ailleurs, car ce serait l'enfer sinon ! Ma mère, je l'adore et, hormis nos régulières escarmouches, je n'ai pas de gros problèmes avec elle comme certaines de mes copines qui semblent dire que, chez elles, c'est la guerre atomique en permanence. Mais, franchement, rien ne me soûle plus que d'être traitée comme un bébé.

Ce qui m'énerve, chez ma mère, c'est surtout… Comment dire ? Son manque de modernité. Elle est ringarde, voilà ! Parfois, j'ai l'impression que Mouchka, ma grand-mère, est plus jeune et moderne qu'elle.

Vous allez rire, mais c'est avec mon père que je suis allée acheter mon premier soutif !

Ce jour-là, quand je suis rentrée à la maison et que je le lui ai montré, elle s'est écriée :

— Un soutien-gorge ! Il t'a acheté un soutien-gorge ! ? Mais pour quoi faire ?

— À quoi sert un soutien-gorge, selon toi ? lui ai-je rétorqué.

Quand j'ai raconté ça à Mouchka, elle était MDR.

Mais revenons à mon anniversaire.

Si j'en parle, c'est parce que c'était là, au mois d'octobre, c'est donc encore tout frais.

Alors que ce jour devait être le plus beau de l'année, je suis restée enfermée dans ma chambre à faire la tête. Et puis, à 4 heures moins le quart, elle a envoyé Adèle gratter à ma porte :

— Allez, Fifi, soit sympa ! Ouvre ! Viens manger le gâteau...

Petite parenthèse pour vous parler de mon prénom :
Philomène, tu parles d'un prénom facile à porter !
Avant, tout le monde m'appelait Philo (sauf Adèle qui dit Fifi depuis qu'elle est petite et elle seule en a le droit). Mais, un jour, la langue d'Isa, ma meilleure cop', comme vous le savez déjà, a fourché et elle m'a appelée Philol. Ça nous a d'abord fait rire aux larmes, et puis c'est resté. Depuis, tout le monde m'appelle Philol – à part ma mère qui continue à m'appeler Philo – et j'aime bien. OUF ! Car Philomène, qui même au XIXe siècle ne devait pas être facile à porter, aujourd'hui, franchement, faut l'assumer ! J'ai une boule dans la gorge et un nœud dans le ventre chaque fois que je dois donner mon prénom. C'est papa qui a choisi. C'était celui de sa grand-mère, qu'il adorait. Mais moi, je ne l'ai même pas connue, alors merci du cadeau ! Un prénom, ce n'est pas comme un vêtement, une coiffure qu'on peut changer ; des dents, ça se redresse ; des rides, ça se comble ; des lèvres, ça se gonfle ; des seins, ça se silicone ! LOL (Euh, sorry !) Mais, un prénom, c'est pour la vie !

Remarquez que Adèle, ce n'est pas très branché non plus, mais au moins c'est joli. Et ça lui va si bien.
Fermeture de la parenthèse.

Je vous disais donc que ma mère avait envoyé Adèle gratter à ma porte.

Je n'ai pas répondu.

Mais quand elle a collé sa bouche au trou de la serrure et a chuchoté :

— Je suis trop triste quand t'es triste...

Comment résister ?

Alors j'ai ouvert, l'ai serrée très fort dans mes bras et lui ai chuchoté à mon tour :

— Je ne suis pas triste, ma puce. Juste fâchée avec maman. Si elle veut que je vienne, qu'elle me le demande elle-même, d'accord ?

Adèle a très bien fait la commission, car deux minutes après :

— Philo, m'a dit maman d'une voix suppliante, sors de ta chambre, je t'en prie... Cesse de me faire la tête !

Silence radio...

Mais quand elle a ajouté :

— J'aimerais t'offrir ton cadeau, quand même !

Là, mon cœur a légèrement frémi.

Mon cadeau ? Mais c'est vrai, ça ! Qui dit anniversaire dit cadeau ! Et ce n'était pas parce que j'avais refusé son goûter que je devais aussi refuser *mon* cadeau ! L'un n'empêche pas l'autre, même si les cadeaux de ma mère, je m'en méfie.

— Philo, je t'en prie ! a-t-elle insisté. Laisse-moi au moins une chance, ma belle !

Parenthèse :
Ma mère m'appelle souvent ainsi : « ma belle ».
Ce n'est pas très grave ?

EH BIEN, SI !

Car pendant très longtemps, à une époque où je n'étais encore qu'une affreuse petite chose, je l'ai crue !

Pourquoi en aurais-je douté ?

Une mère, ça ne ment pas, après tout ! Et puis, un jour, j'ai commencé à avoir des doutes. J'étais alors en CM2. En me regardant dans la glace, l'image que j'y ai vue n'était guère convaincante. Alors, je me suis soumise au jugement des autres, c'est-à-dire à celui de mes copines d'alors (je ne connaissais pas encore Isa).

« Est-ce que vous me trouvez belle ? », leur ai-je demandé.

La première a pouffé.

La deuxième a toussé.

La troisième a gloussé.

Ça veut dire quoi ? ! me suis-je demandé. Oui ? Non ? Un peu, beaucoup, pas du tout ?

Alors, j'ai continué mon enquête, craignant de plus en plus la vérité tout en étant de moins en moins sûre de vouloir la connaître. Mais le fait est que je suis devenue complètement obsédée par la question. En général, la seule personne au monde qui soit capable de me donner de bonnes réponses à mes mauvaises questions, c'est Mouchka.

— Mais enfin, ma chérie, s'est-elle esclaffée après que je lui ai confié mon inquiétude, tu as beau accuser ta mère de tous les défauts de la Terre, tu ne peux tout de même pas lui reprocher de t'aimer. Car il s'agit bien de cela : d'amour, évidemment ! Toutes les mères du monde pensent que leurs enfants sont beaux, car leurs critères se mesurent à l'amour qu'elle leur porte. Il n'y a là ni mensonge ni trahison ! Cela est la première chose. La seconde étant que, quoi que tu en penses, quoi qu'en pensent tes copines, tu deviendras, d'ici peu, une très jolie personne. Foi de Mouchka ! Pour l'instant tu n'es encore que chrysalide, mais le papillon pointe le bout de ses ailes...

Retour à ce moment particulièrement palpitant où ma mère est venue me supplier d'ouvrir ma porte...

Ma curiosité étant la plus forte, j'ai fini par céder, même si, la connaissant, je ne me faisais pas la moindre illusion quant à la nature de son cadeau. Je me doutais bien qu'elle n'allait pas m'offrir une collection de strings d'enfer comme la mère d'Isa, ou un nouveau portable. Je n'en peux plus du mien. Il est trop naze ! Mais des fois qu'elle serait prise d'une soudaine idée de génie... On peut toujours rêver.

Comme avec ma mère un cadeau d'anniversaire, ça se mérite et ça ne tombe pas du ciel devant la porte de la chambre d'une fille boudeuse, je l'ai donc rejointe au salon. Sans mot dire, elle s'est précipitée à la cuisine et est revenue quelques instants plus tard avec son gâteau surmonté de quinze bougies, dont une se consumait en sifflant « Happy Birthday ». Puis elle a ouvert une bouteille de Champomy, exactement comme lorsque j'avais 4 ans. Tout pareil ! En fait, ma mère va dans le sens inverse. Chaque fois que j'ai un an de plus elle m'en enlève un ! À ce rythme-là, elle ne devrait pas tarder à être enceinte de moi !

Ce n'est qu'après avoir enduré tout cela qu'elle me l'a enfin tendu, mon cadeau.

Le paquet était plutôt petit.

Vu le format, j'ai aussitôt pensé à un livre.

J'ai halluciné ! Tout ça pour ça !!! J'adore les livres, là n'est pas la question. Mais, un livre, c'est un truc normal, pas un cadeau d'anniversaire !

J'ai cru que j'allais mourir sur place.

Si vous saviez comment je l'ai déchiré, son emballage cadeau ! J'en tremblais de rage.

Mais, finalement, ce n'était pas un livre.

— C'est un journal intime, a-t-elle cru bon de devoir m'expliquer.

— Ça va, je sais lire ! Je ne suis pas débile ! C'est écrit sur la couverture.

— J'ai cru que cela te ferait plaisir ! a-t-elle bafouillé.

— Décidément, maman, tu seras toujours à côté de la plaque. Que veux-tu que je fasse d'un journal intime ?

— Ce que toute jeune fille en fait ! Y confier ses joies, ses peines, y raconter son quotidien...

— Mais enfin, maman, qui se sert encore d'un journal intime de nos jours ? C'est complètement ringard.

Elle m'a regardée sans comprendre.

— Écoute, Philo, si plus personne ne se sert d'un journal intime, peux-tu m'expliquer pourquoi il y en avait tellement dans la boutique, au point que j'ai eu un mal fou à choisir ?

Là, j'avoue que je n'ai pas su quoi lui répondre immédiatement. Mais je ne reste jamais longtemps à court d'arguments.

— Il n'y a plus que les *petites* filles qui tiennent un journal !

— Alors, j'en veux un, moi aussi ! est intervenue Adèle. Tu me le donnes, le tien, Fifi, si t'en veux pas ?

J'ai failli le faire, mais j'avoue que ç'aurait été trop vache.

— Non, c'est maman qui me l'a offert et ça ne se fait pas. Mais j'estime que je suis trop grande pour tenir un journal intime. Je te rappelle que j'ai 15 ans. De toute façon, le problème avec toi, maman, c'est que tu n'as jamais le bon code !

— Alors, donne-le-moi, ce maudit code, bon sang ! Tu n'as que ce mot-là à la bouche : pas le bon code, pas le bon code ! Car je suppose que ton père, lui, il l'a, bien sûr, le code !

En cas de divorce

Si vos parents sont divorcés, il y a une règle d'or à respecter : ne jamais dire du mal de l'autre, même si vous n'en pensez pas moins ! Sinon, c'est l'enfer total.

Et, surtout, ne jamais répéter ce que l'un a dit de mal sur l'autre.

De bien, oui, ça, c'est permis, mais vu que ça n'arrive jamais...

Je ne lui ai donc pas répondu et, furax, je suis retournée dans ma chambre. J'ai jeté son cadeau sur mon bureau et j'ai allumé mon ordi.

Petit intermède...

Je vous ai dit que mon TOC préféré était le jeu des 7 choses.

En fait, je ne sais pas d'où ça vient, ce truc, mais, un jour, en surfant sur le Net, je suis tombée sur le blog d'une nana qui proposait, pour s'amuser, de faire des listes qu'elle appelait les 7 choses. Par exemple : 7 choses que vous aimez, 7 choses que vous détestez, vos 7 livres préférés, 7 personnes que vous ne supportez pas. (J'ai commencé par cette liste-là, en fait, et j'ai écrit : Françoise, Sam, Louis, Françoise, Sam, Louis, Françoise !)

Je me suis amusée à le faire, et depuis c'est devenu une habitude. Mais ce n'est pas qu'un jeu, ça me permet de faire le point. Essayez, vous verrez, on devient vite accro.

Voici donc un « 7 choses » trouvé sur le Net, que j'ai collé dans mon cahier de texte à la rentrée :

Les 7 bonnes résolutions pour réussir ton année scolaire :

1 : Si tu décides de sécher un cours, autant sécher toute la journée.

2 : N'embrasse jamais dans les couloirs : les coins sont plus confortables.

3 : Ne pousse pas dans les couloirs : dans les escaliers, ça fait plus mal.

4 : Ne fais pas de croche-pieds aux autres élèves : attends les profs.

5 : Ne parle pas en classe : crie, tu obtiendras plus d'attention.

6 : Ne dépasse jamais une ou deux personne(s) dans la file de la cantine : dépasse toute la file, c'est mieux.

7 : Si un prof se tue à t'expliquer quelque chose : sois patient(e) et laisse-le mourir.

Mais celui-ci est bien de moi :

Les 7 cadeaux que j'aurais voulu que l'on m'offre pour mon anniv' :

1 : Un nouveau smartphone.
2 : Un nouveau PC portable (le mien est un peu vieux et rame comme un malade).
3 : Une super-méga-besace pour aller en cours, que j'ai vue dans une boutique. *shoulder bag*
4 : Une nouvelle paire de chaussures. Une de plus ! Les chaussures, j'adooore !
5 : Une carte d'abonnement de ciné d'au moins un an.
6 : Un perfecto en cuir noir. *motorcycle jacket*
7 : Une tablette graphique pour dessiner sur Photoshop.

Je sais, vous allez me dire que je suis hyper superficielle comme nana.

Eh bien, c'est vrai, et je m'en fiche ! *I don't care*

Et puis, ce n'est pas un défaut que d'aimer les belles choses, surtout quand on a plein d'autres qualités et de valeurs que vous ne tarderez pas à découvrir !

Mais revenons à la chronologie de ma journée d'hier.

Alors que je me connectais à mon blog pour y rédiger un article intitulé : « Le pire anniversaire de ma vie », mon regard s'est comme inévitablement posé sur ce cahier. Comment a-t-elle pu croire un seul instant qu'un tel cadeau allait me plaire ? Comment a-t-elle pu imaginer un seul instant que j'allais me servir d'un cahier et d'un stylo pour écrire comme au Moyen Âge ? me suis-je encore demandé, même si j'avoue que ce n'était pas avec une très grande conviction. Parce que je sentais déjà comme une attirance, si vous voyez ce que je veux dire.

Mais pour y écrire quoi ?

Le fait est que je n'ai pas résisté longtemps à la tentation.

Et en l'ouvrant, ô surprise ! je suis tombée sur une enveloppe. Avec du fric ! C'est bien la première fois que ma mère m'en file pour un anniv'. Il devait y avoir du Mouchka làdessous.

Du coup j'ai eu carrément honte de ma réaction et suis allée la rejoindre au salon pour lui faire un gros bisou de remerciement avant de retourner dans ma chambre aussi sec.

Et j'ai appelé Mouchka :

— Tu vas sans doute me juger rétrograde, ma chérie, m'at-elle dit au sujet du journal, mais, à l'ère de l'ordinateur et autres technologies qui me dépassent, je trouve ce cadeau délicieusement suranné. Et, au moins, pas besoin ici ni d'électricité, ni de pétrole, ni de centrale nucléaire pour l'utiliser. Un simple crayon de bois suffira pour en noircir les pages de ces jolies histoires que tu racontes si bien depuis ton plus jeune âge...

Mouchka avait raison : j'ai toujours adoré écrire. Alors, va pour ce cahier dont je ne ferai pas un journal intime mais un journal tout court.

Et si vous pensez que cette Philol change d'avis comme de chemise, je vous répondrai, bien sûr, qu'il n'y a que les imbéciles qui ne changent pas d'avis !

Mais quand même, ça me fait tout bizarre de me retrouver là, devant la belle page blanche, le stylo à la main. C'est la première fois que je tiens un journal...

Comme je voudrais devenir journaliste plus tard, ça tombe plutôt bien. Je vais pouvoir m'exercer et me lancer dans mes premiers reportages.

Mais attention, si vous pensez trouver ici des débats politiques et autres infos comme les catastrophes naturelles, les guerres et révolutions, vous pouvez aller voir ailleurs.

Pour être submergés de ce genre d'infos, il vous suffit d'appuyer sur votre télécommande et de sortir vos mouchoirs !

J'aime bien comprendre les choses, alors j'essaie toujours de trouver des réponses sensées à mes interrogations. Si Mouchka m'est souvent d'un grand secours, là, il va falloir que je me débrouille toute seule.

Alors, allons-y :

Essayons de répondre à la question suivante : pourquoi, aussi soudainement qu'une envie de faire pipi, ai-je ressenti l'envie, pour ne pas dire le besoin, de commencer l'écriture d'un journal, chose que je jugeais comme étant la plus ringarde de la Terre il y a à peine quelques heures ?

Pour m'exprimer, j'ai mon blog.

Pour communiquer, j'ai FB.

Pour tchatter, j'ai MSN.

Et pour appeler mes cop', j'ai mon portable...

Ne voilà-t-il pas le portrait d'une geekette comblée ?

Alors, qu'est-ce qui cloche, ma Philol ?

Eh bien, je crois avoir des pistes de réponse.

En fait, le journal et le blog n'ont rien à voir l'un avec l'autre ! Ils sont même complètement opposés, le blog étant tout sauf intime, justement. Sur un blog, on peut inventer les pires mensonges pour se faire remarquer. Et c'est d'ailleurs ce que font la plupart des nanas. Mais contrairement à ce qu'en disent les copines, on ne peut pas tout y écrire. Sinon, c'est comme se mettre toute nue devant des milliers de gens.

L'erreur, c'est que les filles, mes copines en tête, restent persuadées que personne ne lit leur blog et que, à partir du moment où on le fait sous un pseudo, on n'a rien à craindre.

Si c'est vrai pour leur famille ou les gens de la classe qui ont peu de chances de tomber dessus (ou alors totalement par hasard), il y a malgré tout des millions d'étrangers qui peuvent les lire.

— Et alors, si ce sont des inconnus, on s'en fiche ! a répondu Isa quand je le lui ai fait remarquer.

— Mais t'es barge, ou quoi ? lui ai-je répondu. Dans le métro non plus tu ne connais personne, ce n'est pas pour autant que tu t'y mets à poil, que je sache !

— Ben non ! On ne se met pas toute nue non plus sur nos blogs, et les gens qui nous regardent, nous, on ne les voit pas, alors ce n'est pas du tout pareil !

— Toi, tu ne te mets pas toute nue devant ta webcam, mais il y en a plein qui le font, et des filles super jeunes, en plus.

— Philol, faut pas exagérer non plus ! Ce n'est pas très grave ! Elles ne se mettent pas à poil, elles montrent juste des petits bouts de peau avec une dédicace, sans même montrer leur visage. Elles font juste ça pour avoir un max de commentaires. Ce n'est pas très méchant.

Très honnêtement, moi aussi j'ai un blog, mais je n'y vais pas des masses, car je n'en vois pas vraiment l'intérêt. Et maintenant que j'ai ce journal, je me demande même si je ne vais pas arrêter totalement.

J'ai remarqué que pas mal de filles se servent de leur blog pour s'inventer une autre vie, se faire passer pour quelqu'un d'autre… C'est facile, après tout, de tapoter n'importe quoi bien cachée derrière son écran.

Moi, ce n'est pas mon truc.

Mais franchement, la plupart du temps, les blogs, en tout cas ceux des filles de mon âge, c'est n'importe quoi. Aucun intérêt. C'est que du vide et du vide même pas écrit correctement. D'ailleurs, il n'y a qu'à voir les com's pour se faire une idée du contenu !

Alors, pourquoi tenir un blog si on n'a rien d'intéressant à raconter ?

Si je trouve vraiment qu'il n'y a pas d'invention plus méga-géniale que le Net, il a aussi ses limites, que la plupart des accros ont complètement perdues de vue. C'est devenu du n'importe-quoi. Maintenant, pour se faire remarquer, il suffit de se montrer dans des positions sexy devant sa webcam et voilà, on se croit star ! Moi, j'aurais trop peur qu'on me reconnaisse, que ma mère ou ma grand-mère tombe dessus. La honte !!!

Bon, je crois que les présentations sont faites.
Le moment est venu de passer aux choses sérieuses.
Donc, place à mes chroniques...
Euh, non... D'abord, quelques petites infos supplémentaires pour mieux me connaître sous la forme d'un 7 choses, bien sûr !

Les 7 choses que je fais le mieux : lire ; dessiner ; faire du shopping ; commérer avec Isa ; médire d'Aurélie ; manger du chocolat ; bloguer-surfer-tchatter.

Les 7 choses que je ne sais pas faire : être aimable avec ma belle-mère ; ne plus en vouloir à mon père de nous avoir plaquées ; mentir à ma grand-mère ; être rancunière ; faire un régime ; être aimable avec Aurélie ; m'intéresser aux cours de physique-chimie.

Les 7 choses que j'aime chez mes amis : la franchise ; l'humour ; l'intelligence ; la fidélité ; le courage ; l'originalité ; l'écoute.

Les 7 choses que je rêverais de faire un jour : rencontrer l'homme de ma vie et me marier avec lui pour le restant de mes jours ; avoir des enfants ; devenir journaliste grand reporter ; voyager dans le monde entier ; parler plusieurs langues, dont le japonais ; aider mon prochain comme je le pourrai ; dire ses quatre vérités à Aurélie.

Je crois n'avoir jamais autant écrit de toute ma vie. À en avoir les articulations des doigts qui grincent !

Pour une première fois, c'est plutôt pas mal.

À ce rythme-là, j'aurais vite fait de le terminer, ce journal.

Mais, en même temps, quel kiffff !

Je suis rudement contente d'avoir changé d'avis. Je viens de passer toute la soirée sans même avoir jeté un œil à mon écran. Sans même avoir répondu aux messages et autres invitations à tchatter d'Isa. Et je n'ai qu'une hâte, continuer !

Mais là, il va falloir attendre un peu.

J'ai mal au poignet, je tombe de sommeil et j'ai cours demain.

Ne manquez donc surtout pas le prochain numéro du journal de Philol !

Ma famille

« On n'choisit pas sa famille », dit une chanson, mais il faut bien s'accommoder de celle que l'on a.

La mienne n'est quand même pas la pire. Du moins du côté maternel.

Je vous ai déjà parlé de ma mère et je ne m'étendrai pas beaucoup plus.

C'est vrai qu'elle a ce côté agaçant de me traiter en petite fille – ce qui me met parfois hors de moi –, mais, dans l'ensemble, vraiment, à part nos chamailleries et les quelques bricoles que je ne supporte pas chez elle, je ne peux pas me plaindre.

Puis vient Adèle, ma sœurette de 11 ans.

En fait, je viens de m'apercevoir que je la traitais elle aussi en bébé. Elle est déjà en 6e et sera bientôt une ado appareillée et débile comme je devais l'être à son âge.

Physiquement, elle est brune aux yeux verts, plutôt menue, avec la peau très claire.

Ce que j'aime chez elle, c'est qu'elle n'est pas trop collante comme la plupart des petites sœurs. Elle vit sa vie, dans sa chambre. Elle adore lire, dessiner et peindre. Elle est sans doute bien plus douée en dessin que moi, d'ailleurs. La preuve :

Mon portrait par Adèle

PhiPo je t'aime

adèle

Bon, ça va, elle n'a que 11 ans, mais un sacré coup
de crayon, non ?

Le seul problème d'Adèle est qu'elle est beaucoup trop
sensible. Il faut toujours faire très attention de ne pas la
blesser, sinon elle se met dans des états pas possibles,
pleure, boude, refuse de manger et en perd le sommeil.
Ce n'est pas qu'elle soit capricieuse, mais elle a le cœur en
guimauve et s'émeut de tout et n'importe quoi.
Et si j'en veux autant à papa, c'est parce que, de nous trois,
je crois que c'est Adèle qui a le plus souffert de son départ ;

29

elle n'a jamais réussi à comprendre qu'il soit parti avec une autre femme que maman.

Vient ensuite Mouchka, 72 ans, qui est sans doute la grand-mère la plus « branchée » de la Terre. Parfois, je me dis que j'aurais préféré que ce soit le contraire, ma mère plus branchée et ma grand-mère plus ringarde. Mais bon, on ne choisit pas, c'est comme ça.

Physiquement, Mouchka ne passe pas inaperçue. Je l'ai toujours connue avec les cheveux flamboyants et les ongles de Cruella. Elle passe un temps fou chez son coiffeur et sa manucure, tout le contraire de maman qui devrait y aller plus souvent.

Depuis que mon grand-père est mort d'un cancer, il y a quatre ans, j'ai l'impression que Mouchka a décidé de rattraper le temps passé à le soigner et à souffrir avec lui. Elle est tout le temps en voyage, par monts et par vaux. Je lui en veux un peu de ne pas emmener maman avec elle quand elle est seule pour les fêtes, mais, en fait, je crois qu'elles n'en ont envie ni l'une ni l'autre, tant leurs goûts et modes de vie sont différents.

Mais quand Mouchka n'est pas en voyage, elle est pleinement avec nous. Faire du shopping avec elle est la chose la plus géniale qui soit. Mouchka ne cuisine pas. Elle déteste tout ce qui a trait au ménage. Mamie-gâteau, très peu pour elle. Elle préfère nous inviter souvent au restaurant, dans de vrais restaurants ! Elle aime aussi nous emmener au théâtre, à l'opéra, à des ballets classiques ou des concerts. Grâce à elle, Adèle et moi découvrons des choses auxquelles on ne se serait sans doute jamais intéressées.

Quand papa est parti (la deuxième fois, car je ne me souviens pas de la première, j'étais trop petite), maman était effondrée, incapable de gérer. Mouchka est donc venue s'installer pour quelque temps à la maison. Si côté rangement et bouffe ce n'était pas top du tout, heureusement, tout de même, qu'elle était là car maman ne gérait plus rien, et ça a duré pratiquement six mois.

Passons à mon père, justement !

Que vous dire de lui ?

Il est plutôt bel homme…

Voilà !

LOL (Mince, j'avais oublié ! Je ne le ferai plus, c'est promis.)

Quant à mes grands-parents paternels, parlons-en bien, justement.

Vous trouvez ça normal, vous, des parents qui partent s'installer à des milliers de kilomètres de leurs enfants et petits-enfants, juste pour s'éclater sous les cocotiers, se contentant d'envoyer de temps en temps des photos d'eux, en maillots de bain bariolés, bronzés comme ce n'est pas permis et riant comme des baleines de tout leur dentier ! Enfin, pour ce qui est de mon grand-père, car ma grand-mère, elle, a la peau tellement tendue qu'elle craquerait si elle esquissait le moindre sourire ! Ce doit être génétique, dans cette famille, le manque d'amour envers les enfants !

Déjà, ils détestent ma mère et ma grand-mère. On le voit bien sur les photos du mariage à cet air méprisant et coincé qu'ils affichent. Bon, c'est vrai que Mouchka, côté tenue excentrique, n'y était pas allée avec le dos de la cuillère. Mais, pour le ridicule, c'était plutôt à lui, avec son haut-de-forme et sa redingote, et à elle, avec sa robe à la Scarlett O'Hara dans *Autant en emporte le vent* (film qu'elle regarde en boucle), que revenait la palme d'or !

Photo de Clark Gable et Vivien Leigh
dans *Autant en emporte le vent* (les vrais)

Concernant Sam et Louis, mes demi-frères, vous aurez compris que je les déteste. Je sais, vous allez penser que je ne suis pas objective, que je les déteste par principe, par rage, par jalousie. Eh bien, NON ! Je les déteste parce qu'ils sont détestables, point barre !

DÉTESTABLES, tout comme leur mère, Françoise, qui, non contente d'avoir piqué son mari à une autre femme et leur père à ses deux adorables filles, ne cesse de casser du sucre sur leur dos, de leur trouver tous les défauts de la Terre, alors que ses propres gamins ne sont que des petits monstres. Quand papa l'a connue et nous l'a présentée, elle nous a fait le grand jeu de la jeune femme sympathique, aimable, genre grande sœur-copine. Mais lorsque mes parents ont décidé de la garde partagée pour nous, il n'y a plus eu personne, côté belle-maman ! Les scènes qu'elle a dû lui faire, à papa, pour qu'il y renonce et vienne l'annoncer tout penaud à maman ! La garce ! Faut dire que j'étais plutôt contente et soulagée, car la Françoise, je n'ai jamais pu la blairer. Et passer une semaine sur deux chez elle, même pas en rêve !

Dès la première minute où je l'ai vue, je l'ai haïe. D'accord, au début, c'était un parti pris. Mais si elle s'était montrée aimable, je pense très franchement que j'aurais éventuellement pu l'aimer, ou du moins l'apprécier. Chasser le naturel, il revient au galop. Avec elle, ce n'est pas au galop qu'il est revenu, mais à vitesse grand V. C'est bien simple, en comparaison avec Françoise, la belle-mère de Cendrillon, c'est Mère Teresa. C'est vous dire !

Petit intermède culturel que les plus ignares d'entre vous peuvent sauter…, mais ce serait quand même dommage !
À notre âge, on ne connaît généralement de Marcel Proust que son histoire de madeleine. Les plus cultivés savent qu'on retrouve l'épisode de la madeleine de Proust dans Du coté de chez Swann, *premier volume de* À la recherche du temps perdu. *(Ne vous affolez pas, je frime, mais j'ai trouvé tout ça sur Wikipédia !)*
Perso, je n'ai pas lu toute l'œuvre, mais ce passage du livre était un des préférés de mon grand-père, et il me le lisait souvent. En fait, il me le lisait quand j'étais petite, et après c'est moi qui le lui lisais quand il était trop malade.
Et comme un peu de culture ne saurait vous nuire, je ne peux résister à l'envie de vous le copier-coller :
Je ne sais pas vous, mais moi, ce passage, il me fait systématiquement pleurer. Donc, à ne surtout pas lire quand vous avez le moral dans les chaussettes.

> « *Et tout d'un coup le souvenir m'est apparu. Ce goût, c'était celui du petit morceau de madeleine que le dimanche matin à Combray (parce que ce jour-là je ne sortais pas avant l'heure de la messe), quand j'allais lui dire bonjour dans sa chambre, ma tante Léonie m'offrait après l'avoir trempé dans son infusion de thé ou de tilleul. La vue de la petite madeleine ne m'avait rien rappelé avant que je n'y eusse goûté ; peut-être parce que, en ayant souvent aperçu depuis,*

sans en manger, sur les tablettes des pâtissiers, leur image avait quitté ces jours de Combray pour se lier à d'autres plus récents ; peut-être parce que, de ces souvenirs abandonnés depuis si longtemps hors de la mémoire, rien ne survivait, tout s'était désagrégé ; les formes – et celle aussi du petit coquillage de pâtisserie, si grassement sensuel sous son plissage sévère et dévot – s'étaient abolies, ou, ensommeillées, avaient perdu la force d'expansion qui leur eût permis de rejoindre la conscience. Mais, quand d'un passé ancien rien ne subsiste, après la mort des êtres, après la destruction des choses, seules, plus frêles mais plus vivaces, plus imma-térielles, plus persistantes, plus fidèles, l'odeur et la saveur restent encore longtemps, comme des âmes, à se rappeler, à attendre, à espérer, sur la ruine de tout le reste, à porter sans fléchir, sur leur gouttelette presque impalpable, l'édi-fice immense du souvenir. »

Ce n'est pas pour vous parler de sa madeleine ou autre pâtisserie que j'évoque ce sujet (les gourmands seront déçus !), mais bien au sujet du fameux questionnaire de Marcel Proust.

Comment ça, vous ne connaissez pas ?

Bon, décidément, moi qui voulais ne vous offrir qu'un petit inter-mède culturel, je vais devoir me coltiner le cours magistral.

Je vous explique :

Proust découvre ce test à la fin du xxe siècle, alors qu'il est encore adolescent. Ce jeu anglais, datant au moins des années 1860, était nommé « Confessions », car les questionnés y dévoilaient leurs goûts et leurs aspirations. Proust s'y essaie à plusieurs reprises, toujours avec esprit.

Et ce questionnaire, le voici...

Pas en entier, parce qu'il est trop long et que certaines questions ne m'intéressent absolument pas. Mais vous pouvez le trouver sans problème dans son intégralité sur le Net avec les réponses de Proust. Vous allez me dire : « En quoi ce questionnaire nous intéresse-t-il ? » (Mais si, mais si, je vous connais.) Eh bien, vous *allez voir qu'il n'a pas vieilli d'un poil et que, parfois, même les réponses de Proust sont hallucinantes de branchitude.*

Je vous conseille de le faire et de le faire faire à vos amis, car je trouve qu'il permet de réfléchir sur soi, ce dont on ne prend pas assez le temps, comme me le répète si souvent Mouchka.

Et puis, vous poser certaines de ces questions ne pourra pas vous faire du mal, bande d'incultes que vous êtes !

Alors, allons-y :

Le principal trait de mon caractère :
Euh, j'en ai tellement que je ne saurais dire ! Je plaisante, voyons ! Je pense que c'est la générosité, l'envie et le besoin de faire plaisir aux autres.

La qualité que je préfère chez un homme :
La sincérité.

La qualité que je préfère chez une femme :
Idem.

Ce que j'apprécie le plus chez mes amis :
Idem.

Mon principal défaut :
L'hésitation. Normal, je suis une Balance.

Mon occupation préférée :
Proust répond « aimer » ! Moi, je dirais « Interneter » ! Question d'époque.

Mon rêve de bonheur :
Pouvoir faire de ma vie quelque chose de bien.

Quel serait mon plus grand malheur ? :
La réponse de Proust est : « Ne pas avoir connu ma mère ni ma grand-mère » et je suis tout à fait d'accord avec lui. J'ajouterais quand même Adèle. Proust en aurait fait de même s'il l'avait connue.

Ce que je voudrais être :
Journaliste.

Le pays où je désirerais vivre :
Là où je vis, en France.

La couleur que je préfère :
Le noir (qui n'est pas une couleur, je sais !) et le violet.
La fleur que j'aime :
La violette.
L'oiseau que je préfère :
La colombe, parce qu'elle symbolise la paix.
Mes auteurs favoris en prose :
Jane Austen et Charlotte Brontë : pour le côté hyper-romanesque de leurs bouquins. Mais j'aime aussi plein d'auteurs vivants, du moment que les histoires qu'ils racontent sont romantiques. En revanche, je déteste le fantastique et la SF. Quant aux histoires de vampires, n'en parlons pas !
Mes poètes préférés :
Victor Hugo, Jacques Prévert et les slameurs comme Grand Corps Malade et Abd al Malik.
Mes héroïnes favorites dans la fiction :
Antigone. Je suis d'ailleurs allée voir la pièce au théâtre avec Mouchka et je l'ai adorée alors que je pensais que ce n'était pas du tout mon truc. Jane Eyre, dans le livre de Charlotte Brontë, et puis surtout Elizabeth Bennet de Orgueil et Préjugés de Jane Austen, la fille en total décalage avec son temps, se fichant carrément des convenances de son époque.
Mes compositeurs préférés :
Réponse de Proust : Beethoven, Wagner, Schumann. Moi, je ne connais pas trop les compositeurs.
Mes peintres favoris :
Dalí et Magritte pour leur folie.
Ce que je déteste par-dessus tout :
Aurélie.
Personnages historiques que je méprise le plus :
Hitler et tous les dictateurs fous furieux de son espèce.
Le don de la nature que je voudrais avoir :
Lire dans les pensées.
Comment j'aimerais mourir :
Vieille et en bonne santé.

État présent de mon esprit :
Cool.
Fautes qui m'inspirent le plus d'indulgence :
La paresse.
Ma devise :
Aide-toi, le Ciel t'aidera ! C'était mon grand-père qui disait ça tout le temps. J'aime bien, et chaque fois que je le dis, je pense à lui. Snif.

Fin de l'intermède

high school/school

Mon bahut

Avant-propos :

Je suppose que vous connaissez tous la prière du lycéen que je ne peux m'empêcher de réciter chaque matin :

Notre-Père qui êtes le proviseur ;
Que les devoirs soient rares ;
Que les professeurs partent en vacances ;
Que notre volonté soit faite au lycée comme à la maison.
Donnez-nous aujourd'hui un jour de repos,
Une semaine de vacances,
Et un mois de tranquillité.
Pardonnez-nous nos absences, comme nous pardonnons aussi
à ceux qui nous font travailler.
Ne nous soumettez pas aux interrogations,
Aux baisses de notes,
Aux grèves et aux heures de retenue.
Mais délivrez-nous de cet enfer.
Car c'est à vous qu'appartient le pouvoir
D'augmenter nos notes et nos jours sans cours,
Tout en diminuant nos devoirs.
Amen.

Après la famille, le lycée est sans doute l'endroit où se passent les choses les plus importantes dans la vie d'un ado.

J'ai la chance de fréquenter un lycée de centre-ville. Un bahut normal quoi, fréquenté par toutes sortes d'élèves. Un lycée sans trop de problèmes... Enfin, pas avec de gros gros problèmes, mais des normaux, comme il en existe partout : chez nous, pas de bagarres, pas d'insultes, les cours se passent généralement dans le calme. Bref, ce n'est pas un lycée qui craint et l'ambiance y est plutôt sympa.

Sûr qu'à la rentrée de septembre je n'en menais pas large. Passer du collège au lycée, c'est un sacré pas de franchi, et ça fait forcément un peu peur.

N'empêche que jamais les vacances ne m'avaient semblé aussi longues et que j'étais bien contente de reprendre les cours. Mais ça me fait ça à chaque rentrée et, une semaine plus tard, j'ai déjà envie d'être de nouveau en vacances !

Contente aussi de retrouver des visages connus de mon collège et d'en découvrir d'autres, inconnus, masculins de préférence et dans le genre beau gosse...

Tout ce que j'espérais, c'était me retrouver dans la même classe qu'Isa, et *surtout pas* dans celle d'Aurélie, ma pire meilleure ennemie, à qui je devrais consacrer une chronique entière, tant il y a à raconter sur cette nana.

J'ai obtenu satisfaction à 50 % : Isa est dans ma classe, mais Aurélie aussi !

Et comme on n'était que toutes les trois de notre classe de 3e de l'année dernière, les premiers jours, Aurélie nous a collé aux semelles comme un chewing-gum. Mais ça n'a pas duré, heureusement ! Comme à son habitude, il ne lui a pas fallu plus d'une semaine pour reconstituer autour d'elle une cour d'admirateurs et d'admiratrices béats. Ce qui ne nous a pas dérangées, Isa et moi, car, comme ça, elle nous a enfin lâché les baskets.

Très vite, je me suis rendu compte que le lycée n'a plus rien à voir avec le collège. Comme si les choses vraiment sérieuses commençaient : filières, orientation, bac, avenir... font désormais partie de notre vocabulaire.

Adieu l'insouciance de l'année dernière.

On est passés de l'autre côté maintenant, dans la cour des grands.

Je suis plutôt dans le style bonne élève, mais plus littéraire que scientifique. Non pas que je sois nulle en maths mais bon, je m'y éclate moins, et je déteste la physique-chimie. Pourtant, je sais que si je veux faire de bonnes études je devrai choisir S, et je trouve ça dommage car j'ai un vrai profil de littéraire.

Les 7 choses qui caractérisent l'élève de S :

1 : Physiquement reconnaissable à son look : binoclard, appareillé, timide, boutonneux.

2 : Esprit aussi verrouillé qu'une formule mathématique.

3 : Ignore où se trouve le CDI (« Pour quoi faire ? »).

4 : Rame comme un malade pour aller au bout d'un livre de littérature (« J'aime pas lire ! »).

5 : Ne sait pas écrire une ligne sans faire trois fautes d'orthographe (« Sa ser a rien l'ortograf ! »).

6 : N'a aucune culture générale (« Proust, c'était pas un fabricant de madeleines ? »).

7 : Ni humour, ni créativité, ni sens artistique, mais qui se prend pour le nombril du monde, affichant le plus grand des mépris pour les L comme moi qui ne savent compter que jusqu'à 7 !!

Je sens que je vais me faire des amis. LOL (Je vous jure que c'était la dernière fois !)

Bon, il y a aussi la filière ES, mais l'économie, très peu pour moi. Rien que le mot me file des boutons. Je n'ai jamais su en faire, des économies, moi. Je suis une vraie cigale.

Dans ma classe, alors qu'on n'est encore qu'au début de l'année scolaire, on sait déjà à peu près qui ira en S ou en L, même si un tiers des élèves est en ballottage et hésite. Isa et moi, on est dans cette catégorie-là.

Il va tout de même falloir se décider.

Parlons de ma classe, justement.

Le jour de la rentrée, une seule chose nous intéressait, Isa et moi : les garçons !

On en a tout de suite repéré certains plutôt mignons.

Toute la question était de les attirer à nous avant qu'Aurélie ne leur mette le grappin dessus. Avec elle dans les pattes, valait mieux se la jouer dans le style rapide comme l'éclair.

On savait que tout se trame à la cantine.

Alors, on a mis une stratégie infaillible en place :

D'abord, on a repéré une table vide. Ensuite, tandis que je faisais semblant de suivre Aurélie, Isa s'y est précipitée.

Une fois Aurélie attablée ailleurs, je l'ai plantée et j'ai rejoint Isa qui avait réservé toutes les chaises. Puis, à chacun de ceux qui s'approchaient de notre table on a prétendu que tout était déjà pris...

... Sauf, bien sûr, aux deux beaux gosses de notre choix ! Trop fortes !

Quand Aurélie a capté notre manège, vous auriez vu sa tronche !

On aurait dû se douter qu'elle se vengerait, mais, à ce moment précis, nous savourions encore notre victoire.

Quand Benjamin et Tristan nous ont demandé s'ils pouvaient se joindre à nous, on était encore sur notre petit nuage tout blanc, tout moelleux.

Et c'est comme ça que tout a commencé entre Tristan et Isa, Benjamin et moi.

Mais, sur mes amours, je reviendrai plus tard.

Sinon, dans l'ensemble, les gens de la classe sont plutôt sympas. Il y a Tristan et Benjamin, bien sûr, mais aussi un petit groupe dont l'immense mérite est de ne pas avoir succombé au pseudo-charme d'Aurélie. Rien que pour cela, ils sont automatiquement nos amis, à Isa et moi !

Il me reste encore deux sujets à aborder concernant mon bahut :

Mon emploi du temps et mes profs (tout un programme !).

Depuis la rentrée, c'est-à-dire un mois, notre emploi du temps ne cesse d'être modifié. Mais on a plutôt de la chance car il n'y a pas trop de trous et donc pas beaucoup d'heures de perm'. En plus de mes cours de français, anglais, espagnol, histoire-géo, maths, SVT, physique-chimie et EPS, instruction civique et éco, j'ai pris une option création artistique, et j'adore.

On est 35 dans la classe ! Ça fait beaucoup quand même !

Quant aux profs, on en a de toutes sortes. Des bons et des mauvais. Cela dit, dans l'ensemble, je les aime plutôt bien, exclusion faite de la prof de maths, huileuse comme une sardine, de la prof de gym qui se prend pour le commandant en chef des armées de la coalition, et le prof de SVT qui fait si jeune qu'on l'a pris pour un élève quand il est entré dans la classe. En plus, il parle si bas qu'on n'entend rien de ce qu'il raconte, alors, dans son cours, c'est le foutoir. Comme dit Benjamin : passera pas l'hiver à l'Éducation nationale, le pôvr'.

J'adore carrément mon prof d'art-pla : dessiner, graffer, tagger, caricaturer, gribouiller, c'est vraiment mon truc.

Ma PP (prof principale pour les incultes) s'appelle Mme Caillous, prof d'histoire-géo. En se présentant, au début de l'année, elle a cru bon de faire la même fausse blague débile qu'elle ressort sans doute chaque année depuis vingt-cinq ans :

— Oui, je sais que caillou comme hibou prend un *x* au pluriel, mais moi, c'est avec un *s*.

— On ne va pas vous jeter la pierre pour autant ! a alors lancé du fond de la classe le beau gosse de service vers lequel tous les regards se sont tournés.

Quant au mien, il s'y est si violemment scotché que je n'arrivais plus à retourner ma tête côté tableau.

— Très original ! a souri la prof qui est plutôt cool. On ne me l'avait jamais faite, celle-là.

Le mec en question s'appelle Nathan, et il est carrément allumé avec son total look roots, sa tignasse en pétard, ses yeux vert d'eau et sa dégaine nonchalante.

Il m'attire comme un aimant, alors que j'ai toujours préféré les garçons bien propres sur eux : jean nickel et pompes cirées.

J'adore aussi ma prof d'anglais. Mais là, rien de très original, tout le bahut l'adore. C'est sans doute la meilleure prof du lycée : belle, drôle, intelligente, passionnante et réussissant le tour de force consistant à vous faire préférer Hamlet à Harry Potter.

Quant à mon prof de français, il est carrément top. Non pas qu'il soit jeune et beau, loin de là ! Mais lorsque M. Bloch vous regarde, il vous donne l'impression d'être la personne la plus digne d'intérêt du monde. C'est une sorte de baba cool qui me fait penser à mon grand-père, le mari de Mouchka, mort d'un cancer du fumeur quand j'avais 13 ans car il clopait comme une caserne de pompiers. Avis aux amateurs !

En ce qui me concerne, je me suis juré de ne jamais fumer de ma vie, et je m'y suis tenue jusqu'alors. Je sais bien que si tous les jeunes fument, c'est d'abord pour jouer au grand, faire comme les copains, et puis ensuite parce qu'ils sont tellement accros qu'ils ne peuvent plus arrêter. Mais, à 15 ans, on ne pense pas à ces saloperies de maladies, sauf quand, comme moi, on a vu quelqu'un en mourir.

Les 7 bonnes raisons que j'ai de ne pas fumer :

1 : Parce que je ne fais rien comme tout le monde, justement.

2 : Parce que j'ai vu mon grand-père tellement souffrir que ça m'a coupé toute envie d'essayer.

3 : Parce que quelqu'un qui fume pue tout le temps la clope.

4 : Parce qu'ils ont tellement besoin de fumer qu'ils n'arrivent même pas à se concentrer en cours et attendent la fin les yeux rivés à leur montre.

5 : Parce que, pour fumer, il faut tout le temps sortir et on attrape la crève.

6 : Parce que les fumeuses ont le teint brouillé, les cheveux ternes, les doigts jaunis et la voix rauque.

7 : Parce que je déteste l'odeur du tabac froid dans une pièce.

Voilà pour le bahut.

Enfin, pour le moment, car j'aurai probablement encore plein d'autres choses à vous raconter tout au long de cette année scolaire.

Côté écriture, il va falloir que je trouve mon rythme de croisière. Je pensais pouvoir tenir une chronique par jour, mais ce ne sera pas possible. Ça me prend du temps et j'ai un boulot dingue. J'essaierai donc de le faire au moins une fois par semaine, le week-end par exemple, entre le boulot, le shopping, le sacro-saint-ménage-hebdomadaire-maternel, les heures de bichonnage, de tchat...

Mes ami(e)s, mon ennemie, mes amours, mes emmerdes

Commençons par le meilleur : Isa, ma vraie meilleure amie.

Si je commence par Isa et non par Benjamin, c'est qu'Isa, je la connais depuis bien plus longtemps que lui, depuis la 6e en fait. Alors que les amours vont et viennent, je crois dur comme fer à la force de l'amitié.

Isabelle, de son vrai prénom, dite Isa, est la fille la plus cool, la plus rigolote que je connaisse et, franchement, Isa, si tu n'existais pas, j'aurais dû t'inventer. J'ai plein d'autres copines, aussi, mais avec Isa c'est pas pareil ! La frontière entre copines et « meilleure amie » est souvent mince, pour ne pas dire inexistante. Pendant longtemps, j'ai cru qu'une meilleure amie était celle à qui l'on pouvait tout confier. Eh bien, c'est complètement faux, car je suis toujours tombée sur des filles qui s'empressaient d'aller tout raconter aux autres. Ça n'a jamais été le cas d'Isa. Même sous la torture elle n'aurait jamais médit de moi.

Attendez, Adèle gratte à la porte. Je l'ai bien dressée, ma petite sœur. Elle n'entre jamais dans ma chambre sans frapper.

Ne bougez pas, je reviens !

Adèle s'ennuyait.

— Tu fais quoi ? m'a-t-elle demandé.

— J'écris dans mon journal.

— Mais je croyais que tu n'en voulais pas !

— C'est bon, Adèle, j'ai changé d'avis si tu veux le savoir. Laisse-moi, maintenant. Va jouer.

— Fifi, arrête de me dire d'aller jouer, s'est-elle énervée. Je ne suis plus un bébé, figure-toi. (Tiens, tiens, j'ai déjà entendu ça !) Je ne joue plus. Mais je m'ennuie.

— T'as qu'à lire.

— J'ai tout lu !

— Regarde la télé, alors !

— Mais... je n'ai pas envie. Je peux aller sur ton ordi ?

Mon ordi ? me suis-je étonnée. Adèle ne me l'avait jamais demandé. Le seul ordi de la maison est dans ma chambre. Maman en a un au bureau qu'elle n'apporte jamais à la maison.

— Vas-y, mais tu veux faire quoi ? lui ai-je demandé, un brin soupçonneuse.

— J'ai un exposé et j'aimerais bien chercher des trucs.

— D'accord ! ai-je accepté en me disant qu'il faudrait que je surveille ça de près.

La voilà donc installée là, juste derrière moi, au bureau, comme ça, je vois ce qu'elle fait tout en pouvant continuer à écrire.

Bon, revenons à ma chronique :

Je vous parlais donc d'Isa.

Même si nous nous adorons toutes les deux, nous ne sommes pas pour autant toujours d'accord sur tout, et nous nous chamaillons souvent. Il nous est même arrivé de rester une semaine sans nous adresser la parole. Mais ça nous rend si malheureuses qu'il y en a toujours une qui finit par craquer et appeler l'autre, qui n'attend que ça.

Nous sommes folles de fringues, toutes les deux. Je suis une vraie « fripes-addict », mais pas pour autant une

« fashion-victime ». Moi, des marques, je m'en contrefiche. Les filles 100 % griffées du lycée font pitié. Ce que l'on veut, Isa et moi, c'est avoir du style. Surtout pas le même que tout le monde. Alors, ce qu'on aime par-dessus tout, ce sont les friperies où l'on peut dénicher des sapes uniques, hyper classes, que personne d'autre que nous ne portera. Pourtant, nous n'avons absolument pas les mêmes goûts : Isa adore le style rock-punk-grunge sans le côté trash piercing et tatouages, et moi les fripes vintage. Mais nous raffolons toutes les deux des petites robes noires basiques qu'on accessoirise chacune à notre manière. On s'achète souvent les mêmes et, à l'arrivée, on est quand même complètement différentes. Moi, j'adore porter la robe avec des collants flashy et des bottines de couleur.

En matière d'études, on n'a pas du tout les mêmes ambitions. Je crois qu'Isa choisira ES l'année prochaine et que, pour la première fois, nous ne serons plus dans la même classe.

On a beau essayer de faire semblant de ne pas y penser, ça nous rend vraiment tristes.

La seule fois où nous avons abordé le sujet, on a pleuré comme des madeleines dans les bras l'une de l'autre. Puis on s'est dit que ce n'était pas la peine de gâcher la seule année qui nous restait ensemble et qu'on allait faire en sorte de s'éclater vraiment.

Passons maintenant à Aurélie, ma meilleure ennemie.

Jamais je n'ai autant détesté une personne (à part ma belle-mère !).

Mes 7 bonnes raisons de détester Aurélie :

1 : C'est une peste.
2 : Une langue de vipère.
3 : Une sorcière qui m'empoisonne la vie depuis toujours.
4 : Une menteuse.
5 : Une tricheuse.
6 : Une envieuse, une jalouse, une fouineuse (il a fallu que je condense pour tout dire !).
7 : Et, surtout, c'est le genre de fille qui, à chaque rentrée des classes, revient hyper bronzée, prétendant qu'elle a passé ses vacances aux Caraïbes, alors qu'en vrai vous savez où elle les a passées ? Dans la cabine de *Sous le soleil des tropiques*, la boutique d'UV du centre commercial à côté de chez elle.

Sa mère, Valérie, et la mienne étaient amies depuis le collège, comme Isa et moi. Elles étaient inséparables. Entre la 6e et la 3e, elles ne se sont pratiquement jamais quittées. Mais, au moment de passer au lycée, Valérie est allée dans le privé et, à partir de ce moment-là, elle a complètement changé, et les liens entre elles se sont relâchés. Mais elles se sont retrouvées quelques années plus tard, alors que chacune venait d'accoucher, Valérie d'Aurélie et ma mère de moi. Alors, elles sont redevenues amies. Comme elles étaient de nouveau tout le temps ensemble, Aurélie et moi l'étions aussi. Très vite, je suis devenue son souffre-douleur : elle me mordait, me pinçait, piquait mes Barbie…

Quand j'ai enfin pu dire à ma mère que je n'en pouvais plus de la fille de sa copine et lui ai raconté tout ce qu'elle me faisait subir, elle en a été désolée. Enfin, quand chacune s'est retrouvée empêtrée dans son divorce, elles se sont définitivement éloignées, pour mon plus grand bonheur.

Bref, je l'ai toujours détestée, et ça ne va pas en s'arrangeant.

Si vous voyiez son blog ! N'importe quoi...

Pour elle, pas question d'anonymat, de pseudo, etc. Une chose est sûre : elle n'a pas peur de s'afficher franco. Pire, elle en fait même la pub au lycée alors qu'elle ne l'utilise que pour se moquer des autres.

Ce qui m'énerve, c'est que c'est par une attitude aussi détestable qu'elle se rallie l'admiration de tous.

Ses com's se comptent à la pelle, alors que sur le mien c'est le désert ! Il n'est même pas référencé dans les moteurs de recherche !

Pour se faire remarquer sur le Net, il faut forcément avoir quelque chose d'intéressant à raconter... Ou à montrer ! Beurk...

Alors, la langue de vipère, kssssss, ça marche d'enfer. Plus on dit du mal des autres, plus on est admiré. Son truc à elle, c'est la médisance. Elle ne sait faire que ça, casser du sucre sur le dos des élèves, des profs, de la CPE, des pions. Oui, casser les gens, elle adore ! Et tout le monde se gondole en la lisant, sauf celui qui en fait les frais, bien sûr ! Elle est féroce, cette fille. Féroce et dangereuse. Ça finira par mal tourner, son truc.

J'aimerais trop qu'un jour elle tombe sur plus fort qu'elle, plus méchant qu'elle. Quelqu'un qui lui rabattrait son caquet, qui vengerait toutes ses victimes. Mais je crois que cette personne n'existe pas.

Je dois toutefois reconnaître que cette garce a du talent. Chacun des mots qu'elle choisit est tranchant comme un poignard. C'est ce qui fait sa force. Chez elle, pas d'orthographe approximative, pas de langage sms ni d'apocopes (les ignares n'ont qu'à aller chercher dans le dico !). Je suis sûre qu'elle met un temps fou à rédiger chacun de ses post. Depuis que je la connais, elle a toujours été super méga douée en français.

M. Bloch, notre prof de français, est le premier que je connaisse à avoir cerné la personnalité d'Aurélie. C'était au début de l'année. Alors qu'il nous rendait notre première rédac', il lui a dit : « Une aussi jolie plume, mademoiselle, mériterait bien plus d'humanité, d'indulgence. Si vous n'y prenez pas garde, vos mots, vos propres mots vous claqueront un jour au visage. Méfiez-vous du retour du boomerang. »

Quand le prof a tourné le dos, elle lui a fait une grimace digne de l'école maternelle, et toute la classe a gloussé.

Depuis ce jour, M. Bloch est sa cible préférée sur son blog. J'espère juste qu'il ne le lit pas.

Le moment est venu de vous parler de Benjamin :

Voilà, ça fait seulement un mois que nous sortons ensemble. Ce n'est pas le coup de foudre que j'attends depuis mes 12 ans, mais il est très gentil et je suis plutôt bien avec lui.

À la vérité, celui qui me trotte dans la tête, c'est Nathan. Mais ce mec est un extraterrestre ! On dirait qu'il est sans cesse déconnecté de notre monde. Il ne parle à personne, arrive toujours en cours *in extremis* et repart aussi sec. Cela ne l'empêche pas d'être brillant et d'être le plus fort dans toutes les matières.

J'en suis vraiment raide-dingue et Isa a beau me dire que je n'ai aucune chance, qu'avant d'espérer sortir avec lui il faudrait quand même m'assurer qu'il est conscient de mon existence, rien n'y fait. J'en rêve.

Et ce n'est pas interdit, de rêver, que je sache ? !

Il ne me reste plus qu'à vous parler de mes emmerdes.

... Franchement, pas de quoi faire pleurer dans les chaumières.

D'accord, ma mère me soûle, mon père m'exaspère et ma belle-mère... c'est ma belle-mère !

J'ai des grands-parents qui vivent en Californie et qui ne nous ont jamais invitées, Adèle, ma mère et moi, alors que je viens d'apprendre que papa, sa bonne femme et ses mômes y vont cet été. J'en suis verte de rage. Et dire que chaque année maman m'obligeait à leur envoyer une carte de bons vœux pour le nouvel an ! Eh bien, ils devront s'en passer, désormais !!!

Heureusement que je vis entourée de gens que j'aime malgré tout.

Mon père et ma mère ne sont pas du genre à submerger leurs enfants de cadeaux. Ils nous filent de l'argent de poche, mais pas des masses, et les suppléments, c'est uniquement au mérite !

Là, en ce moment, j'ai trop envie d'un smartphone, mais je pense qu'il va me falloir patienter jusqu'à Noël.

J'espérais très franchement que mon père m'en offrirait un pour mon anniv'.

Je suis sûre que c'est sa femme qui l'en a empêché ! Elle a dû lui dire : « Mais pourquoi, ce n'est pas sa mère qui lui offre ? »

Je la HAIS !

Total, il m'a filé une enveloppe pour m'acheter ce que je veux.

Avec celles de Mouchka et de ma mère, ça devrait le faire pour le portable. Mais ce n'est quand même pas à moi de me le payer avec mes sous ! Je préfère les garder pour aller au ciné ou m'acheter des fringues.

Le moment est venu d'aborder le pire de mes emmerdes, que j'appellerai « la douloureuse épreuve du lever des matins gris ».

Je suis quelqu'un de très ponctuel. Je déteste arriver en retard et je déteste les gens qui ne sont jamais à l'heure. Pourtant, l'objet que je déteste le plus au monde est mon réveil. Chaque matin de cours, c'est l'horreur. Quand il se met à sonner, j'ai toujours l'impression que je viens à peine de m'endormir, et je dois me faire violence pour ne pas le jeter par la fenêtre.

Mais le plus grave, c'est que j'adore me lever tôt quand je n'ai pas cours.

J'adore Paris au petit matin, prendre un petit déj sur les quais quand la ville s'éveille, voir le marché s'installer et les marchands s'interpeller. Quand j'étais plus petite, j'allais souvent dormir chez mes grands-parents. Mon grand-père avait des insomnies et se levait toujours très tôt. Il venait alors voir si j'étais réveillée, ce qui était le cas la plupart du temps, car en fait je l'attendais. Je m'habillais à la hâte et nous descendions tous les deux. À peine en bas, il allumait sa première cigarette. Puis il allait acheter son journal et m'emmenait au bistrot du coin. Il sirotait son café tout en me commentant les nouvelles du monde, tandis que je dégustais un croissant trempé dans un chocolat chaud.

Rien qu'en y repensant, j'en ai les larmes aux yeux.

Alors revenons vite au vif du sujet.

Les 7 conseils d'ami pour vous aider à vous lever le matin et ne pas être en retard au lycée :

1 : Placez votre réveil ou radio (ou ce qui vous sert de réveille-matin) à l'autre bout de votre chambre.

2 : Choisissez comme musique de réveil celle que vous détestez le plus : pour mettre fin au supplice, vous serez obligé de vous lever.

3 : Préparez vos vêtements la veille, car vu les heures d'hésitation que ce questionnement d'ordre existentiel suscite, il vaut mieux y réfléchir à l'avance.

4 : N'oubliez pas de consulter la météo avant de préparer vos affaires ! Exemple : vous vous couchez le soir, le ciel est étoilé, le fond de l'air est encore doux. Vous en tirez donc la conclusion qu'il fera beau le lendemain. Mais voilà qu'il pleut à torrent, ou qu'il neige ! Vous n'aurez pas l'air fin avec vos ballerines et jupe en légère cotonnade. D'accord, cela est le cas le plus extrême, mais ce qui m'arrive le plus souvent c'est que, tout compte fait, j'ai changé d'avis et les fringues choisies la veille au soir ne conviennent plus du tout à mon humeur ou état d'esprit du matin.

> 5 : Consultez votre emploi du temps du lendemain avant de vous coucher, histoire de ne pas vous apercevoir une fois habillée que vous avez gym et qu'il valait mieux vous mettre en survêt' !
> 6 : Préparez aussi votre sac de cours la veille au soir.
> 7 : Essayez de ne pas vous coucher au petit matin en période de cours après avoir fait la teuf toute la nuit !

Ensuite, il faut petit-déjeuner. Enfin, « il faut », façon de parler, car moi, je m'en passerais bien. Pourtant, pas question de m'y soustraire, ma mère est intransigeante sur la question de l'importance du petit déjeuner.

Son discours, je le connais par cœur :

Le petit déjeuner est le plus capital des repas. Le matin, l'organisme, et surtout chez un enfant, a besoin de faire le plein de « carburant » pour être en forme toute la journée et éviter le coup de pompe et la baisse de régime de 10 heures.

Ma mère tient donc à ce qu'Adèle et moi nous installions le matin à table pour prendre quelques tartines, des fruits et du chocolat chaud.

Autant j'aime ce repas quand je suis en vacances, autant il ne passe pas en période de cours.

Je préférerais nettement utiliser ce petit quart d'heure à dormir.

Une fois levée, douchée, habillée, coiffée, maquillée, parfumée et lestée de mon petit déj, il me faut encore attendre Isa.

Et c'est là que les choses se gâtent !

Car Isa est la reine du retard. Elle n'est jamais, jamais, jamais à l'heure ! C'est dehors que je l'attends généralement, où elle me rejoint en courant, échevelée, débraillée, essoufflée avec cette éternelle excuse :

— Désolée, pas entendu le réveil.

Elle programmerait une bombe atomique pour se réveiller qu'elle ne l'entendrait pas.

Il ne nous reste plus, alors, qu'à foncer vers le métro. On n'a que deux stations. Moi, ça ne me dérangerait pas d'y aller à pied, mais, avec Isa, ce n'est pas possible. En revanche, il nous arrive parfois de rentrer à pied.

D'accord, on ne peut pas franchement parler d'emmerdes.

Mais on fait ce qu'on peut. Je ne vais pas m'en créer pour vous faire plaisir, non plus !

En fait, j'ai parfaitement conscience qu'Adèle et moi avons la chance de vivre dans un milieu plutôt privilégié, et ce serait donc indécent de me plaindre.

Voici un petit 7 choses rigolo, trouvé où vous savez.

Les 7 commandements du fainéant :

1 : Qui dort dîne et qui dort travaille aussi !

2 : Respecte scrupuleusement les heures de sommeil dont tu as besoin !

3 : Remets systématiquement au lendemain ce que tu dois impérativement faire aujourd'hui.

4 : Repos bien ordonné commence par toi-même.

5 : Ne dors pas trop la nuit pour pouvoir assurer ta sieste du jour !

6 : Travaille juste ce qu'il faut pour te fatiguer, repose-toi ensuite !

7 : Ne fais jamais ce que les autres pourraient faire à ta place !

Le 14 octobre

Chers lecteurs,

Je ne pouvais pas attendre ce week-end pour vous rendre compte de cette folle journée, car l'occasion est trop belle de réaliser mon premier reportage et de vous raconter quasiment en live le blocus de mon lycée.

Ce matin, en arrivant devant les grilles avec Isa, nous n'avons pas pu y pénétrer car l'entrée était bloquée par des bennes à ordures, poubelles, barrières, et un cordon d'élèves, essentiellement des terminales, en interdisait l'accès. Cela faisait plusieurs jours que la révolte grondait et que le blocus se préparait dans les couloirs.

Ce n'était pas une surprise. Nous avions été prévenues par FB que le blocus aurait lieu ce matin et qu'un maximum de lycéens devaient se présenter dès 5 heures du mat' pour l'organiser. Ni Isa ni moi n'avions l'intention de nous lever à l'aube, et on est donc allées au lycée à l'heure habituelle.

J'avais bien dit que je ne parlerais pas ici de politique, et je ne le ferai pas. D'abord parce que, comme sans doute la plupart des ados de mon âge, cela ne m'intéresse absolument pas, et ensuite parce que je suis persuadée que ceux qui organisent ça ne sont que des fumistes dont le seul but est de sécher les cours et de pourrir la vie à ceux qui ont envie d'y aller.

Comme si à 15 ans on pensait déjà à la retraite, alors qu'on n'est pas encore capable de penser à ce qu'on fera l'année prochaine !

Pour preuve, la plupart des « bloqueurs » avaient apporté leurs guitares et ukulélés. Sans doute pour faire la révolution en musique !

— Remarque, on a peut-être tort de s'en foutre ! a dit Isa. Parce que, si ça se trouve, on n'en aura pas du tout, nous, de retraite !

— Franchement, Isa, lui ai-je répondu, d'ici à ce qu'on soit à la retraite, toi et moi, c'est-à-dire au rythme où vont les choses dans environ soixante-dix ans, de l'eau aura coulé sous les ponts. C'est n'importe quoi leur blocage et...

Ma phrase est restée en suspens car, du haut de ces barricades, juché comme Zeus sur l'Olympe, se dressait Nathan dans toute sa splendeur...

J'en suis restée tétanisée, momifiée.

Et là, quelque chose s'est passé. Je revois la scène au ralenti, comme dans les films. Nos regards se sont croisés, et je suis sûre et certaine qu'il... m'a souri !!!

Mais Isa a aussitôt cassé mon rêve :

— Mais non, ce n'est pas toi qu'il regardait !

— Qui alors ?

— Ben, je ne sais pas. Personne. Il souriait juste parce qu'il était content de participer au blocage. Je le soupçonnerais même d'être à la tête des manifestants. Et tu as vu qui est à côté de lui ?

Non, je n'avais pas vu, puisque je ne regardais que lui.

Mon sang s'est glacé.

Aurélie et Nathan !

Triste retour à la dure réalité.

Si Nathan m'avait fait signe, j'aurais piétiné la foule pour le rejoindre, j'aurais crié avec lui les slogans les plus débiles, je serais devenue la *pasionaria* de la lutte lycéenne, j'aurais fait le siège toute la nuit blottie contre lui...

Mais, surtout, j'aurais ASSOMMÉ Aurélie !

— Bon, on fait quoi si on ne peut pas aller en cours ? a demandé Benjamin en nous rejoignant.

— Si on se faisait un ciné ? a proposé Tristan.

Isa était d'accord, mais, moi, je n'avais plus envie de décoller de mon bout de trottoir avec vue sur Nathan, épiant ses moindres gestes, essayant de détecter le moindre indice d'une quelconque complicité avec ma rivale.

— Mais si le lycée rouvre, on aura des ennuis, non ? leur ai-je fait remarquer pour essayer de les faire changer d'avis, à moins que ce ne soit tout simplement pour gagner du temps.

Je ne sais pas si Benjamin a compris le pouvoir de magnétisation qu'opérait Nathan sur moi, mais ça se peut. Sinon, il n'aurait pas dit :

— Il est complètement barge, ce Nathan. Je suis sûr qu'il n'en a pas plus à foutre des retraites que moi, mais c'est un pur anar'. Il s'en tape de ne pas aller en cours, lui, ce ne sont pas ces quelques heures ratées qui l'empêcheront de faire une grande école comme papa et de devenir plus tard un businessman !

— Pourquoi tu dis ça ? Et comment tu le sais, d'abord ? lui ai-je demandé.

— Il était dans notre classe l'année dernière. Son père était sans arrêt convoqué au collège car Nathan y mettait un souk pas possible, il fumait du shit dans les chiottes, arrivait en retard, perturbait les cours... Mais jamais il ne s'est fait exclure grâce à son papa qui a des relations. Alors c'est facile de se la jouer rebelle...

Pendant que Benjamin disait ça, je ne quittais pas des yeux Nathan qui avait entonné un chant révolutionnaire, le poing levé.

Et c'est là que le grabuge a commencé.

On ne les avait pas vus arriver, mais, tout à coup, une bande de types capuchonnés, extérieurs au lycée, a surgi et a foncé sur le groupe des bloqueurs.

— On se casse ! a dit Benjamin en me prenant par la main tandis que Tristan saisissait celle d'Isa.

— Non, on ne peut pas se tirer comme ça ! ai-je protesté en me dégageant. Il faut faire quelque chose. Appelez les flics ! ai-je alors hurlé en m'élançant sans réfléchir.

— Philol, t'es folle ou quoi ? ai-je entendu hurler Isa.

Les casseurs avaient pris d'assaut les bennes sur lesquelles s'étaient juchés Nathan, Aurélie et d'autres élèves ; armés de gourdins, ils se sont mis à frapper comme des malades sur tout ce qui bougeait pendant que d'autres piquaient les sacs.

C'est alors que j'ai vu rouge, rouge comme le sang qui coulait de l'arcade sourcilière éclatée de Nathan. Je me suis transformée en véritable furie, prenant d'assaut les poubelles à mon tour pour essayer de déloger la racaille. Autant vous dire que, seule, je ne faisais pas le poids, mais, en plus d'Isa, Benjamin et Tristan, d'autres vaillants défenseurs n'ont pas tardé à nous rejoindre, alors que les sirènes des voitures de police retentissaient et que nos courageux agresseurs déta-laient aussi vite qu'ils étaient arrivés.

Aurélie, un œil tuméfié, s'est alors agrippée à Isa et moi pour qu'on l'aide à redescendre. Que pouvions-nous faire ? La jeter ?

Pendant qu'on la transportait, Nathan a disparu de mon champ de vision.

Quand, après avoir installé Aurélie sur un banc et attendu avec elle que sa mère vienne la chercher, nous sommes retour-nées à la barricade, Nathan n'y était plus.

— Vous avez vu Nathan ? ai-je demandé à Benjamin et Tristan.

— Oui, un policier l'a emmené pour le conduire aux urgences. Il était pas mal amoché, visiblement.

Comme le blocus du lycée allait continuer toute la journée, j'ai décidé de retourner chez moi. J'avais pris quelques coups, j'étais crevée, et j'avais surtout le moral dans les chaussettes.

Ma mère, apprenant les événements, m'avait appelée, affo-lée, sur mon portable, me proposant de rentrer pour déjeu-ner avec moi.

Je l'ai vite rassurée en lui disant que pour ma part je n'avais rien eu.

J'avais envie d'être seule. Seule, pas même avec Isa.

Alors que je prenais un bain pour me détendre, le téléphone fixe de la maison a sonné. Comme j'avais laissé mon portable dans ma chambre et ne pouvais l'entendre, je me suis dit que ce devait être Isa qui s'inquiétait. Mais j'étais trop bien dans mon bain, ne pensant qu'à Nathan. Je la rappellerais après.

De retour dans ma chambre, j'ai constaté que, en plus du numéro d'Isa qui m'avait effectivement appelée déjà trois fois, s'affichait un message émanant d'un numéro masqué.

« Salut, Philomène. Ce matin, j'ai eu comme l'impression que tu tentais de voler à mon secours. J'y ai vraiment cru, mais Aurélie vient de me dire que c'est elle que tu voulais aider, en fait.

(Quand je vous disais qu'elle ruminait sa vengeance !)

« Alors... je ne sais pas... Enfin, si tu veux qu'on en parle, tu peux me rappeler... J'ai essayé de t'appeler sur ton fixe et ton portable... Au fait, c'est Nathan. »

Très franchement, j'ai cru que j'allais faire un malaise. Nathan m'avait appelée !

D'Aurélie j'allais m'occuper plus tard. Ma priorité était donc de rappeler Nathan ! J'ai manqué mourir en remarquant que son numéro était masqué et qu'il ne me l'avait pas laissé.

Je me suis précipitée sur les Pages blanches de mon ordi... Il était sur liste rouge !

Mais ce n'est pas possible ! me suis-je dit. Le sort se ligue contre moi.

Quand mon portable, posé sur mon bureau, a vibré, j'ai pensé que je n'arriverais pas à le saisir tellement je tremblais. Je crois que jamais de ma vie un garçon ne m'a mise dans un tel état !

Nathan a semblé surpris d'entendre mon « allô ».

— Excuse-moi ! m'a-t-il dit, j'ai oublié de te donner mon numéro. Je suis un peu à l'ouest, comme mec.

Comment voulez-vous rester calme dans une telle situation, parler sans laisser transpirer votre émotion par tous les pores de votre peau ?

— Tu vas bien ? ai-je quand même réussi à lui demander.

— Ça va. Quelques petits points de suture à l'arcade.

— Tu continues le blocus demain ?

— Non, ça ne m'amuse plus. Et toi ?

— Moi, je n'en faisais pas partie.

— Ah. On pourrait se faire un cinoche, alors ?

Si je m'attendais à ça !

— Euh, je ne sais pas. On aura peut-être cours.

— Oui, tu as raison, bien que ça m'étonnerait. Je pense que le chahut va durer jusqu'aux vacances. Bon, ben, à demain ?

Alors que j'allais raccrocher, je me suis entendue oser lui demander :

— Tu veux me donner ton mail pour qu'on papote un peu ?

Nathan a ri.

— Je n'ai pas de mail, pas d'ordi, pas de téléphone portable. Je préfère être en face des gens quand j'ai envie de leur parler. Une voix dans un téléphone, des phrases sur un écran, ça ne remplace pas un regard, un grain de peau, un sourire. Bon, ben, à demain quand même ? a-t-il lancé en riant.

— Oui, à demain ! ai-je murmuré.

J'étais tellement émue en raccrochant que ma première réaction n'a même pas été d'appeler Isa. Je suis restée plantée au milieu de ma chambre, une serviette autour de mon corps de sirène pour tout vêtement, à me demander si je n'avais pas tout simplement rêvé.

Mais non, ce n'était pas un rêve ! Nathan m'avait vue. Nathan m'avait enfin calculée, Nathan m'avait appelée...

Mais, au fait, comment avait-il eu mon numéro ?

Je me suis habillée et, après, j'ai appelé Isa pour tout lui raconter.

Elle n'en revenait pas.

— Excuse-moi, alors, pour tout à l'heure, m'a-t-elle dit. Je ne pensais pas que c'était toi qu'il regardait.

Et c'est là qu'elle m'a posé la question qui tue :

— Et Benjamin ?

— Quoi, Benjamin ?

— Que vas-tu faire si Nathan veut sortir avec toi ?

— Je ne sais pas.

— Menteuse !

— On n'en est pas encore là. N'oublie pas qu'Aurélie semble avoir des vues sur lui.

— Mais rien ne dit que lui a des vues sur elle. Il ne t'aurait pas appelée, sinon ! Ce type t'a fait craquer dès le jour de la rentrée. S'il veut sortir avec toi, tu ne diras pas non, pas vrai ?

— Vrai.

— Bon, alors il faut que tu sois cash avec Benjamin.

— Je sais. Je le serai. Promis.

Voilà donc les événements de cette mémorable journée. Pour ma part, je me souviendrai sans doute toute ma vie de ce jour de blocus des lycéens, mais pas exactement pour les mêmes raisons !

Questions... sans réponses

Comme toutes les ados de mon âge, il y a plein de choses qui me turlupinent.

En fait, je me pose une multitude de questions, et comme, le plus souvent, je ne me pose ces questions qu'à moi-même, je ne risque pas vraiment d'obtenir des réponses. Mais si vous êtes dans le même cas, n'oubliez pas que, désormais, et contrairement à nos mères et grands-mères, nous avons à notre disposition un MÉGA-GÉNIAL-OUTIL-DIABOLIQUE-QUI-SAIT-TOUT-OU-PRESQUE et qui a pour nom : INTERNET.

Faites attention quand même, et ne prenez pas tous ses propos pour parole d'Évangile, de Coran ou de Torah !

Il dit aussi pas mal de conneries, notre vrai-faux-ami.

Mais voici, quand même, quelques idées et conseils inté-ressants que j'ai picorés ici et là, sur les blogs de certaines stars de la blogosphère.

Comment fait-on pour aimer son corps ?

La question que nous nous posons bien sûr toutes dès le réveil, les yeux bouffis, le teint brouillé et l'haleine chargée ! Nous ne pourrons donc que suivre religieusement les pré-cieux conseils d'une grande prêtresse de la question dont le blog attire des milliers, voire des millions, d'internautes ignorantes de mon espèce. Je n'en ai bien évidemment choisi que 7 parmi les 20 proposés, mais les plus judicieux.

Je serais vous, je les recopierais même à la main sur un Post-it géant pour l'accrocher au-dessus de votre lit.

1 : Regardez votre corps comme le véhicule de vos rêves. Honorez-le, respectez-le, nourrissez-le. Notre corps n'est pas seulement défini par sa taille, son poids, sa couleur de peau, notre tour de poitrine ou autres. Je pense qu'on a tendance à trop l'oublier.
2 : Souvenez-vous que votre corps vous permet d'exister. Ce n'est pas seulement un ornement.
3 : Faites une liste de gens que vous admirez, qu'ils aient contribué à améliorer votre vie, celle de votre communauté ou celle du monde entier. Regardez si leur apparence a eu une quelconque importance dans leur réussite.
4 : Marchez la tête haute, supportée par la fierté et la confiance que vous avez en vous-même, en tant que personne.
5 : Ne laissez pas votre poids ou votre aspect physique vous éloigner des activités que vous aimez.
6 : Mettez des vêtements dans lesquels vous vous sentez bien. Je ne mettrais pas une robe/jupe juste parce que je dois le faire. Je n'en mettrais une que le jour où je me sentirais entièrement bien en la portant.
7 : Trouvez une activité physique à pratiquer régulièrement, non pas pour combattre votre corps, mais, au contraire, pour le fortifier et parce que cela vous fera du bien.

Si, après ça, vous ne vous aimez toujours pas, c'est que votre cas est vraiment désespéré...

Premier jour des vacances d'automne

La feuille d'automne,
Emportée par le vent,
En ronde monotone,
Tombe en tourbillonnant...

Ça y est, elles sont enfin là, les vacances tant attendues quand on est en cours et ennuyeuses à mourir dès qu'on s'y trouve !

À moi les grasses mat' et les journées passées en pyj' vautrée dans le canapé à rattraper toutes les séries télé que je n'ai pas eu le temps de regarder.

Mais là, très honnêtement, j'ai tant de boulot pour le lycée, de bouquins à lire, de choses à écrire, de films à voir, que je n'aurai pas trop le temps de glander.

Tout en haut de ma liste de choses à faire, j'avais écrit : « Annuler les vacances avec papa. »

Ils partent dans la maison familiale de Françoise quelque part en Vendée. Adèle est ravie de les accompagner et moi ravie de ne pas être obligée d'y aller vu que, tu comprends, papa, j'ai un boulot dingue pour le lycée, une tonne de livres à lire, des recherches à la bibliothèque à faire...

Devoir supporter Françoise, c'est déjà dur, mais ses parents en plus ! Non merci, sans façon.

Comme je m'y attendais, papa n'a pas trop insisté. J'ai même eu l'impression qu'il était plutôt content. Sans doute que Françoise lui aura fait part de son manque d'enthousiasme concernant ma présence parmi eux. Ce qui tombait bien. L'estime que nous nous portons est réciproque ! J'espère juste qu'elle sera gentille avec Adèle. Si ce n'est pas le cas, je jure que plus jamais ni Adèle ni moi ne mettrons les pieds chez notre père. Cet été, si je n'avais pas été là, Adèle aurait passé ses vacances à jouer le rôle de Cosette dans *Les Misérables*.

Quand papa m'a demandé si maman était d'accord pour que je reste à Paris, j'ai réalisé que je ne lui avais même pas posé la question !

— Bien sûr ! ai-je répondu, comme si cela allait de soi.

Mais, après avoir raccroché, je l'ai aussitôt appelée.

Et là, coup de théâtre ! J'ai senti au travers des ondes passer comme une sensation de contrariété.

— C'est que j'avais des projets, moi ! a-t-elle riposté.

— D'accord, mais en quoi je te gêne dans tes projets ?

— Je pensais partir quelques jours, en fait.

— Partir… toute seule ?

Hésitation à l'autre bout du fil :

— Euh, non, avec des collègues de bureau.

J'ai aussitôt flairé le gros mensonge mal ficelé, mais aussi une formidable aubaine de me retrouver seule à la maison. (À ce moment-là, j'ignorais encore que je serais vraiment seule comme une pierre !)

— Ben, pas grave, maman. Tu sais, j'ai un boulot dingue et…

— Mais tu ne vas pas rester toute seule ! Tu ne veux pas aller chez Mouchka ?

— Je te rappelle que Mouchka part en croisière.

— Bon, pas grave, je vais annuler.

— Non ! Je te promets, maman, que je peux rester seule.

— Tu es sûre ?

— Oui, je serai sage comme une image.

— Et pour manger ?

— Le congélo est plein, non ? Alors ne t'inquiète pas.

Voilà, c'était gagné, ai-je triomphé en raccrochant, tout en me posant quelques judicieuses questions. Son escapade avec des collègues de bureau, je n'y croyais pas. Alors avec qui partait-elle ? Si je n'avais pas annulé papa, elle ne m'aurait rien dit. C'est donc qu'il y avait un amoureux sous roche ?

Affaire à suivre !

Revenons aux événements de ces derniers jours, qui ont précédé les vacances.

Nathan avait raison. Le blocus du lycée a duré toute la semaine, ce qui nous a laissé tout le temps de faire plus ample connaissance, si vous voyez ce que je veux dire.

Nos gentils révolutionnaires ont regagné leur maison de campagne, laissant le bitume parisien à ceux qui n'en avaient pas.

Reprenons les choses par le commencement :

Le lendemain matin du premier jour du blocus, c'est les jambes flageolantes que je me suis rendue au lycée. C'est tout juste si Isa ne devait pas me soutenir.

Je ne m'attendais sans doute pas à ce que Nathan y soit déjà, vu qu'il est systématiquement en retard ! Eh bien, si ! Il était là.

Oui, il m'attendait ! La clope aux lèvres, le sourire ravageur.

Et pas de risques de me voir barrer la route par Aurélie puisque sa mère avait appelé la mienne pour lui raconter que, vu son cocard à l'œil, elle ne pouvait se montrer, et qu'elle avait besoin de plusieurs jours de repos !

Alors que je me dirigeais vers lui, laissant Isa en retrait, il est venu à ma rencontre.

— Salut, tu vas bien ? m'a-t-il demandé en me faisant la bise.

— Ouais, pas mal, et toi ? lui ai-je fait d'un air qui se voulait détaché.

— On se casse ? m'a-t-il alors proposé tout de go, me prenant par la main.

Avant même que j'aie eu le temps de reprendre mes esprits et de réaliser que j'avais planté Isa, je me suis retrouvée attablée au Bel Air, le café derrière le lycée.

— Tu sais, m'a alors dit Nathan, je t'ai repérée dès le premier jour.

En voilà un qui cache rudement bien son jeu ! n'ai-je pu m'empêcher de penser.

— Mais tu sors avec Benjamin, non ?

— Euh, oui… exact. Enfin, je sortais avec Benjamin. On a rompu hier soir ! ai-je alors menti tout en le regrettant aussitôt amèrement.

— Pas à cause de moi, j'espère ?

— Euh… non, pas du tout, mais en fait je n'étais pas amoureuse de lui.

Là, je ne mentais plus.

— Ah, d'accord, a-t-il dit en souriant et prenant ma main pour la porter à ses lèvres.

Et c'est à ce moment-là qu'Isa, suivie de Tristan et Benjamin, nous a rejoints !!!

GRRRRRRR.

J'ai aussitôt retiré ma main.

Nathan a semblé étonné mais n'a rien dit.

Benjamin non plus. Il m'a juste fait la bise et s'est assis.

Quant à Isa, ses yeux lançaient des éclairs et j'évitais de la regarder.

L'ambiance est devenue complètement re-lou. Personne ne trouvait de sujet de conversation.

Nathan n'a pas tardé à se lever.

— Bon, ben, on s'appelle.

Alors j'ai pris mon courage à deux mains. Il avait à peine quitté le Bel Air que j'ai regardé Benjamin :

— Il faut que je te parle.

Il s'est levé et on est sortis tous les deux.

— Pas la peine de me dire que tu veux rompre, Philol, j'ai compris. Tu sors avec Nathan ?

— Non !

— Ça ne va pas tarder, alors ?

— Je ne sais pas.

— T'es amoureuse de lui, non ?

— Oui... Je crois.

— Bon, c'est dommage. C'était sympa tous les quatre !

Il avait raison. C'était sympa et les choses seraient plus compliquées dorénavant, Tristan et Benjamin étant amis comme Isa et moi...

Quand on a rejoint Isa et Tristan, ils avaient l'air triste. Je me sentais responsable d'avoir tout gâché, mais je n'allais pas continuer à sortir avec Benjamin juste pour leur faire plaisir, alors que j'étais dingue de Nathan !

Je les ai laissés là et suis rentrée chez moi, en espérant que Nathan m'appellerait. Le fait qu'il n'ait pas de portable n'allait pas faciliter les choses, non plus.

Et là, j'ai eu un énorme doute. Si Nathan n'avait pas l'intention de sortir avec moi, je me retrouverais toute seule ! Mais, avant même que j'arrive chez moi, il a appelé sur mon portable.

— Tu es toujours au Bel Air ? m'a-t-il demandé.

— Non, je rentre chez moi.

— Seule ?

— Oui.

— On se voit ?

Alors que mon cœur rebondissait comme une balle de ping-pong dans ma poitrine, je lui ai répondu avec un calme olympien :

— Oui, si tu veux. Où ?

— Au ciné ?

— D'accord.

— On se retrouve devant le bahut, alors ?

— Ça roule.

Ne me demandez pas de vous raconter le film ! Mais voici la preuve que j'y étais :

Voilà, depuis, on sort ensemble. C'est ma première vraie histoire d'amour. Ce garçon, je l'aime, j'en suis folle ! Je n'ai jamais ressenti ça. Je finissais par m'inquiéter, même, car je croyais être handicapée, côté cœur.

J'étais déjà sortie avec des mecs, mais c'était comme... par obligation. En fait, pour vérifier que j'étais normale, pour savoir ce que ça faisait d'embrasser un garçon, ce qu'on ressentait. Bref, j'avais envie d'avoir des papillons dans la tête et des guili-guili dans le ventre. Et pourtant, je n'ai jamais rien éprouvé de tout ça. Les patins, je trouvais ça limite dégueu, et ça ne m'a jamais procuré le moindre papillon ni dans la tête ni ailleurs.

Même avec Benjamin, que pourtant j'aimais bien, plus que tous les autres en tout cas, qui n'est pas le mec lourdingue et ballot, ça ne m'a jamais exaltée. Alors j'avais fini par croire que je n'étais pas normale parce que, en plus, Isa, elle, avec Tristan, elle me disait que c'était top.

Je sais que je ne suis pas la laideronne de service et que j'attire plutôt le regard des garçons, mais je n'ai jamais su draguer, en fait, aguicher ou faire l'allumeuse comme Aurélie.

69

Mais, maintenant, me voilà complètement rassurée. Avec Nathan c'est...

CENSURÉ !!!

Je suis donc en vacances !

Et seule, puisque Nathan m'a annoncé qu'il partait à Deauville avec ses parents. Isa va à la campagne chez ses grands-parents, et Benjamin, je ne sais pas, il me fait la gueule, ce que je peux comprendre.

Ce n'est jamais facile de faire copain-copine avec un ex, mais Benjamin, je continue à bien l'aimer et je n'ai pas du tout envie d'être fâchée avec lui. Pourtant, c'est normal qu'il le soit avec moi. J'espère juste que ça ne durera pas.

Je suis seule, mais j'ai de quoi faire, et ça m'étonnerait que je m'ennuie. N'empêche que Nathan va terriblement me manquer. Isa aussi d'ailleurs. Surtout qu'on ne s'est pas quittées en très bons termes. Elle m'en veut pour Benjamin, tout en m'assurant qu'elle comprend. Et puis, je ne l'ai pas trop vue, ces derniers jours, et ne l'ai pas non plus beaucoup appelée. J'ai donc mauvaise conscience.

Alors, ce matin, enfin à midi, en me levant, le moral n'est pas au top. D'autant que dehors il fait tout gris, un temps d'automne, un temps de Toussaint, un temps de blues.

Pourtant, je me suis juré de mettre à profit ces vacances pour faire tout ce que j'ai consciencieusement noté sur mon agenda par ordre de priorité.

D'abord, j'ai au moins trois bouquins à terminer, histoire de ne pas vieillir de quinze jours de manière idiote. Ensuite, je vais me faire une orgie de séries américaines, ce qui aura sans doute pour effet d'effacer irrémédiablement le bénéfice de la lecture des bouquins, mais peu importe ! Je n'irai pas au ciné comme prévu car jamais je n'oserai y aller seule. Je vais peut-être me faire une expo et puis aussi jouer à la touriste dans Paris, ville que j'adore et où je pourrais me balader, flâner pendant des heures. Nathan aussi adore et, franchement, me promener main dans la main avec lui, c'est une des choses les plus paradisiaques que je connaisse. Je vais bien sûr écrire, faire mes devoirs et surfer à mort, histoire de ne pas me couper de la Terre entière, car Isa va se retrouver confinée dans une zone où ni portable, ni ADSL, ni wifi ne passent, autant dire le bagne. Et il a fallu que l'amour de ma vie soit un anti-geek par excellence.

En plus, quand je me suis levée, la maison était vide. Tout le monde était parti. Adèle chez papa, et maman je ne sais où…

Dans la cuisine déserte, maman a laissé des Post-it d'instructions, de recommandations, de bisous, les jours des poubelles et les modes d'emploi du lave-vaisselle, du lave-linge, du sèche-linge, etc.

À croire qu'elle est partie pour toujours !

C'est alors que, en rallumant mon portable que j'avais éteint puisque personne n'était censé m'appeler, j'ai constaté que j'avais un message de mon Nathan.

« Tu me manques déjà », me soufflait sa voix.

« Pour supprimer le message, tapez 1 ; pour le réécouter, tapez 2. »

Je n'ai pas cessé de taper 2 en petit-déjeunant, en me lavant les dents, avant d'aller sous la douche, en sortant de la douche, en m'habillant…

Et me voilà toute requinquée et prête à me mettre au boulot.

Et celui qui, ce matin, oserait me dire qu'elle n'est pas belle la vie prendrait aussitôt mon poing dans la g…

Vacances d'automne, suite...

Quelques jours ont passé et je me suis tenue à mes résolutions.

Quand j'y pense, je trouve que je suis une fille bien.

J'ai bossé tous mes cours (même ceux que je déteste !).

J'ai poussé la perfection jusqu'à recopier les pages que je trouvais cra-cra.

J'ai déjà lu les trois livres qui devaient m'empêcher de vieillir idiote et j'en suis déjà à mon cinquième, ce qui n'était pas prévu au programme.

J'ai pas mal galéré pour faire mon explication de textes. Et là, franchement, merci Internet.

Petite parenthèse intitulée « Copier-Coller » :

Je vous jure que ce n'est pas du tout mon style, le copier-coller, surtout en français qui est ma matière préférée, mais, là, toute seule, je n'aurais pas trouvé l'analyse des tempéraments et caractères des personnages principaux de Thérèse Raquin d'Émile Zola. Jamais je n'aurais pensé à évoquer l'impact de l'hérédité sur leurs agissements et comportements.

Alors, oui, j'ai pas mal surfé pour trouver mes idées. Mais je jure que je n'ai pas copié-collé, réécrivant tout à ma sauce, avec mon vocabulaire à moi et mon propre style. Et j'avoue que je suis plutôt fière du résultat et je ne doute pas que M. Bloch le sera aussi.

En tout cas, il faut être vraiment ballot pour se livrer au copier-coller, vu que, maintenant, les profs, ils ont des logiciels qui détectent tout de suite les tricheurs. Et alors c'est carrément la honte !

Je me souviens d'un de ces moments de grand kiffe où Aurélie, prise en flagrant délit de recopiage mot pour mot d'une fiche d'étude trouvée sur le Net, avait eu la honte de sa vie quand le prof l'avait sommée de s'expliquer devant toute la classe.

Fermeture de la parenthèse pour le copier-coller, mais je n'en ai pas terminé avec Thérèse Raquin.

J'ai adoré ce livre, dont l'histoire se passe à Paris. Chaque fois qu'un écrivain décrit des lieux que je ne connais pas, je m'y précipite.

Le livre de Zola commence ainsi :

« Au bout de la rue Guénégaud, lorsqu'on vient des quais, on trouve le passage du Pont-Neuf, une sorte de corridor étroit et sombre qui va de la rue Mazarine à la rue de Seine. Ce passage a trente pas de long et deux de large, au plus ; il est pavé de dalles jaunâtres, usées, descellées, suant toujours une humidité âcre. »

Alors, moi, quand j'ai lu ça, je me suis dit que je profiterais de mes vacances pour aller faire un tour du côté du passage du Pont-Neuf mais, en vérifiant sur le Net, j'ai vu qu'il avait été détruit en 1912 !

Je ne sais pas si ça ne fait ça qu'à moi, mais certains livres me donnent l'envie furieuse de glisser mes pas dans ceux des héroïnes. (Il faudra que je pose la question à Nathan, tiens !) Le livre qui m'a sans doute donné le plus envie de le faire est Dora Bruder, de Patrick Modiano, que j'ai lu l'hiver dernier. J'ai alors passé mes vacances de Noël à arpenter les alentours de la rue de Picpus (pas très loin de mon bahut), où l'héroïne était interne au pensionnat Saint-Cœur-de-Marie.

Comme j'ai pratiquement terminé mon boulot, je vais pouvoir passer la journée à m'abêtir sur le Net. Je serais bien sortie, mais il pleut des cordes !

Résultat de mes explorations plus tard.

À ++++++

Dedipix

Me revoici !

Bien installée sur mon lit, le dos calé par l'oreiller, mon stylo à la main.

Comme prévu, je suis allée surfer sur le Net et, là, j'ai cru que j'allais mourir de honte.

Pas pour moi, je vous rassure, mais en compulsant certains blogs, le rouge m'est monté à la figure.

En fait de m'abêtir, je me suis plutôt instruite puisque je sais désormais ce que sont les « dedipix ».

Je vous explique :

Au départ l'idée était plutôt sympa et consistait à envoyer une dédicace à quelqu'un qu'on kiffe sous forme de photo par l'intermédiaire de son blog. Mais ça a vite viré au n'importe-quoi et, maintenant, la grande mode sur les blogs, c'est d'écrire une dédicace sur une partie de son corps et de la montrer sur le Net, ce qui permet de faire exploser le nombre de ses com's. Vous montrez ce que vous voulez, il n'y a aucun contrôle. S'il y en a qui n'exhibent que leurs pieds, leurs bras, leurs seins, leurs fesses, il y en a d'autres qui ne cachent même pas leur visage ! En plus, ça se monnaie. Plus tu montres, plus t'as droit à des com's. Il y a même des tarifs. Par exemple : le ventre, 100 com's ;

75

les seins, 200 ! Du coup, les nanas qui explosent leur nombre de visites n'en peuvent plus, se prennent pour des stars. Il y en a qui disent qu'elles sont contentes car il y a plein de gens qui s'intéressent à leur blog, qui le trouvent bien ! Non mais, trop graves, les meufs ! Il y a même carrément des petites annonces, comme celle-ci que j'ai copiée-collée pour vous :

JE CHERCHE DES FILLES
POUR ME FAIRE DES DEDIPIX

T'es belle gosse ?
Tu te sens prête à relever le défi ?
T'as confiance en toi ?
Alors vas-y !
Main = 75 com's
Cuisse = 80 com's
Ventre = 100 com's
Poitrine = 200 com's
Fesses = 220 com's

Il faut être complètement barge pour faire ce genre de choses !

Surtout que, une fois sur le Net, les images restent à vie, paraît-il. Impossible de les faire disparaître !

Quand j'ai découvert ça, j'ai eu soudain peur pour Adèle. Il va falloir que je la surveille de près quand elle se mettra à surfer. Oui, il va falloir que je la surveille car maman, bien sûr, aurait une syncope si elle se doutait de ce genre de pratiques.

Il y a même eu un reportage à la télé, l'autre soir, sur ce sujet. Mais là, ils ont montré des pauvres filles qui faisaient carrément du strip-tease pour des vieux pervers alors qu'elles pensaient juste se montrer à leur petit copain.

Faut être naïves, quand même !

Mais ce qui est encore plus débile, c'est le « Lâchez vos com's ! » qu'on trouve sur tous les blogs. Lâchez nos com's, d'accord, mais pour commenter quoi ? La photo de votre chien ? ! Pourquoi faut-il forcément des commentaires ? Parce que ça permet aux gens de réagir et qu'il n'y a aucun intérêt à faire son blog toute seule dans son coin !

Au moins, j'aurai appris des choses pendant ces vacances, mais là, le temps commence à me sembler long.

Heureusement que Nathan m'appelle tous les jours, et même deux fois par jour. Pas de chez lui (trop de monde et d'oreilles indiscrètes), mais d'une cabine téléphonique.

D'une cabine téléphonique !

Je ne savais même pas que ça existait encore, ce genre de trucs. Je suppose qu'ils ont dû la garder uniquement pour lui, cette cabine : vu le temps qu'il y passe, on ne doit pas se bousculer au portillon.

Car on parle des heures. Je crois n'avoir jamais autant parlé de ma vie avec un garçon. J'ai l'impression de le connaître depuis toujours. Je n'arrête pas de penser à lui…

J'ai trop hâte qu'il rentre.

Heureusement que mes vieilles séries télé existent car il n'y a pas mieux pour se rincer la tête.

Vacances, suite et bientôt fin

Maman et Adèle sont rentrées aujourd'hui.

J'ai passé la journée d'hier à ranger l'appart' et faire le ménage pour que tout soit impec' et que maman n'hésite pas à renouveler l'expérience !

Elle avait une mine superbe et une humeur comme je ne lui en ai pas vu depuis longtemps.

Comme Adèle allait passer la journée chez une copine, maman m'a proposé qu'on aille manger toutes les deux au resto.

On s'est fait un délicieux sushis-bar. Un truc hyper branché que je ne connaissais pas. Bon, on ne peut pas dire qu'il y avait beaucoup de djeuns, non plus. Plutôt des bobos, la quarantaine. Mais vous savez quoi ? Il s'est passé quelque chose de bizarre : je me suis rendu compte qu'il y en avait plus d'un qui matait maman ! Oui, qui matait ma mère ! J'ai d'abord cru qu'elle avait un truc qui clochait... Alors je l'ai regardée, et tout était en ordre... Très en ordre, en fait. Oui, je l'ai trouvée parfaite, maman. Habillée plutôt classe pour son âge, bien maquillée... Belle, quoi ! C'est fou qu'il m'ait fallu tout ce temps pour m'en apercevoir, non ?

Quand je lui ai demandé comment elle connaissait ce genre d'endroit, elle a rougi. Mes soupçons se confirment donc. Je suis sûre qu'elle me cache quelque chose, ma petite mère. Dans le style, une *big love affair*...

J'ai eu beau essayé de lui tirer les vers du nez : rien ! Elle est restée muette mais souriante, avec ce genre de sourire béat que l'on a quand on est *in love*.

Il va donc falloir que j'appelle Mouchka à son retour, histoire de voir si elle en sait un peu plus.

S'il y a bien un truc auquel je ne pense jamais, c'est une « boîte aux lettres ». Pour quoi faire ? Je ne reçois jamais de courrier. Qui envoie encore des lettres par La Poste ? Au point que, pendant toute la semaine, je n'ai même pas pensé à l'ouvrir. D'ailleurs, j'ignore où sont les clés. Alors, quand maman m'a dit : « Tiens, Philo..., tu as une lettre », j'en suis restée la bouche ouverte et elle semblait aussi étonnée que moi.

J'ai d'abord pensé à Isa.

Comme elle ne captait rien du trou de ses vacances où elle devait probablement s'ennuyer à mourir, elle avait eu l'idée de m'écrire ! Sauf que ce n'était pas son écriture. Il n'y avait pas non plus de mention de l'expéditeur au dos.

J'ai déchiré l'enveloppe et j'ai compris. J'ai eu l'impression de devenir écarlate des pieds à la tête, ce qui n'a bien sûr pas échappé à ma mère qui restait là, plantée devant moi.

— Tu peux me laisser, maman ? ai-je demandé.

— Euh, oui, bien sûr ! a-t-elle bredouillé. Mais cette lettre, rien de grave ?

— Non, rien de grave !

Je crois que je la connais par cœur, la lettre de Nathan, dont je reconnaîtrais désormais entre mille la belle écriture, aussi nonchalante que lui. Des pages et des pages où il se raconte, me raconte sa vie, me parle de sa famille, de ce qu'il aime...

« Je n'ai jamais confié cela à une fille, ni même à quiconque... Mais toi, ma Philol... »

Je l'ai lue et relue je ne sais combien de fois.

Quand ma mère est venue frapper à la porte de ma chambre pour me demander d'aller chercher Adèle, elle a bien vu à ma tête que je n'étais pas dans un état normal.

— Ça va, Philo ? s'est-elle inquiétée.

— Ouais, ouais, ça va.

— Et cette lettre, tu peux me dire de qui elle vient ?

Fallait vraiment pas que je sois dans mon état normal pour lui répondre.

— Oui, elle vient de Nathan, mon amoureux !

Si vous aviez vu sa tête !

Comme elle ne disait rien, je me suis contentée de l'embrasser en lui glissant à l'oreille :

— Et toi, tu m'en parles quand, du tien ?

Elle aussi est devenue cramoisie, mais elle a ri.

— Ce n'est pas le moment, va chercher ta petite sœur, on verra ça plus tard.

Le comble a été quand Mouchka a appelé à la maison pour avoir de nos nouvelles et surtout donner des siennes. Elle aussi semblait très excitée.

— Ah, je passe de merveilleux moments, et vous savez quoi, les filles ? Je suis tombée amoureuse !

— Mais de qui ? s'est affolée maman.

— Il s'appelle Max. Je vous le présenterai à mon retour.

— Mais, maman, tu es sûre que c'est quelqu'un de sérieux ?

— Ah, non, justement ! s'est-elle esclaffée. Il est tout sauf sérieux, et c'est pour ça que je m'amuse. Je vis une magnifique romance, ma chérie... et je n'ai pas du tout envie d'entendre la moindre critique de ta part !

Maman, dépitée, m'a alors tendu le téléphone et je suis partie dans ma chambre pour continuer à papoter avec ma grand-mère.

— Je suis trop contente pour toi, Mouchka. C'est super. J'ai hâte de le connaître, ton Max. Mais tu sais, moi aussi j'ai un amoureux.

— Ta mère le sait ?

— Ben, oui, justement ! Je viens de lui dire. Mais, dis-moi, Mouchka, elle-même n'aurait pas quelqu'un par hasard ?

— Ça, je l'ignore, ma chérie. Ta mère n'est pas du genre à me faire des confidences. Mais j'ai cru comprendre, tout de même, qu'elle fréquentait quelqu'un, ces derniers temps.

— Raconte !

— Eh bien, la dernière fois que tu passais le week-end chez ton père, j'ai voulu l'inviter à déjeuner mais elle n'était pas à la maison, figure-toi ! Et même pas joignable sur son portable.

— De tout le week-end ?

— Oui, de tout le week-end !

— Mais elle était où ?

— Je ne sais pas. Elle ne me l'a pas dit.

— Tu ne lui as pas demandé ?

— Non, je me suis dit que si elle ne m'en parlait pas, c'était qu'elle estimait que cela ne me regardait pas.

— Figure-toi qu'elle est partie toute la semaine aussi. Je l'ai su par hasard car j'ai annulé papa, et là, elle a bien été obligée de me dire qu'elle partait. Mais elle a prétendu que c'était avec des collègues.

— Tant mieux ! J'avoue qu'il serait temps.

— Qu'il serait temps de quoi ?

— Qu'elle refasse sa vie.

— Qu'elle refasse sa vie ?! Mais moi, alors ? Enfin, nous, Adèle et moi ?

— Je ne parle pas de *ta* vie, ma chérie, mais de la sienne.

— Oui, mais j'en fais partie, quand même !

— Sans conteste. Tout comme tu fais partie de la vie de ton père qui n'a pas le moins du monde hésité à refaire la sienne.

— Mais ce n'est pas pareil, Mouchka ! Je ne vis pas avec papa. Chez lui, je ne suis pas chez moi. Alors que chez maman, c'est chez moi.

— Bien évidemment, et cela le restera, rassure-toi, mais pour combien de temps encore ? Un jour, et c'est dans l'ordre des choses, tu partiras et construiras un chez-toi ailleurs, laissant ta mère toute seule dans son chez-elle. C'est fou ce que les enfants sont égoïstes, tout de même !

— Les enfants, égoïstes ? Tu plaisantes ou quoi ? Tu crois que les parents pensent à leurs enfants, eux, quand ils divorcent ? Qui c'est qui trinque, si c'est pas nous ? Ils ne nous demandent pas notre avis pour divorcer, non plus ! Et, quand ils refont leur vie, on a presque l'impression de les gêner. Non, mais c'est grave ! Moi, je ne veux pas d'un bonhomme que je ne connais ni d'Ève ni d'Adam, avec lequel je vais devoir cohabiter.

Mouchka a soupiré.

— Je comprends, ma chérie. Mais bon, je ne pense pas que ta mère en soit là. Si elle a quelqu'un, tant mieux ! Pour le reste, on verra.

— Je m'en fiche qu'elle sorte avec quelqu'un, moi. Mais je te préviens, Mouchka, si ce type vient s'installer ici, je prends mes cliques et mes claques et je viens chez toi !

Mouchka a éclaté de rire. J'adore son rire. On ne dirait jamais une vieille dame quand elle rit.

— Tu seras la bienvenue, ma chérie. Mais je pense que tu t'ennuierais très vite avec moi !

— Alors là, pas du tout ! C'est avec maman que je m'ennuie. Avec toi, on s'éclate. Au fait, on va toujours au ski, en février ?

— Bien évidemment. D'année en année, je me dis que c'est peut-être la dernière fois que nous y allons ensemble.

— Mais pourquoi tu te dis ça ?

— Parce qu'un beau jour tu viendras me demander les clés du chalet pour y aller avec un de tes amoureux.

— Eh bien, ce n'est pas demain la veille, va ! lui ai-je répondu tout en me disant que j'adorerais y aller avec Nathan, mais aussi que fallait pas trop rêver, jamais ma mère ne me laisserait partir en vacances seule avec un garçon !

— Bon, je te laisse, ma chérie. Mon Max s'impatiente. Au fait, il s'appelle comment, ton amoureux ?

— Nathan !

— Parfait. Nous en parlerons à mon retour.

Après avoir raccroché, je suis allée chercher Adèle. Je n'avais même pas eu le temps de lui demander comment s'étaient passées ses vacances avec papa que je remarquai quelque chose qui clochait.

— Elle n'a pas été gentille avec toi, Françoise ?

— Si, ça a été, mais tu sais, je crois que papa aime plus ses autres enfants que nous.

— Pourquoi tu dis ça ? ai-je fait tout en pensant exactement comme elle. Tu as des exemples précis ?

— Non, mais j'ai eu l'impression qu'il cherchait tout le temps à leur faire plaisir à eux, et jamais à moi. En plus, ils avaient leurs grands-parents, tu comprends, qui les gâtent et, moi, j'avais l'impression de ne pas faire partie de leur famille.

— Mais tu n'en fais pas partie, Adèle. Ils n'ont pas la moindre parenté avec toi, ces gens. Tu es juste la fille de leur gendre. Et c'est tant mieux. Ta famille, c'est nous : maman, Mouchka et moi ! Point barre.

— Et papa, alors ?

— Lui aussi, mais moins. Il nous a quittées, quand même, et…

Je m'en suis tout de suite voulu d'avoir dit ça, car Adèle est devenue toute pâle.

— Papa et maman avaient dit que ce n'était pas parce qu'ils se séparaient qu'ils nous aimeraient moins, et ce n'est pas vrai, en fait !

Il a fallu que je trouve un truc pour me rattraper et la consoler :

— Mais si, il nous aime, papa, ce n'est pas ce que j'ai voulu dire. Excuse-moi, Adèle. Mais il a refait sa vie alors il doit se partager entre tous ses enfants, tu comprends ?

— Oui, mais le partage n'est pas égal, voilà. Il fait beaucoup plus attention aux garçons qu'à moi !

— Parce qu'ils sont encore très petits, peut-être ? ai-je avancé sans conviction.

— Mouais..., a-t-elle répondu du bout des lèvres, en me serrant très fort la main.

En rentrant à la maison, j'étais furax et, sans même en parler à maman, j'ai tout de suite téléphoné à mon père pour lui dire, une fois de plus, ce que je pensais de lui.

— Mais qu'est-ce qui te prend, Philomène ? Qu'est-ce qui se passe ? a-t-il dit en jouant l'étonné.

— Il se passe qu'Adèle est revenue de sa semaine de vacances avec toi en se demandant si tu l'aimais autant que tes fils ! Et pourtant, Adèle, ce n'est pas une petite fille pleurnicheuse ou gâtée ! Je trouve que tu nous as déjà fait assez de mal, papa, alors si tu continues comme ça, faudra pas venir te plaindre si on n'a plus du tout envie de te voir. À moins que ce ne soit ce que tu veuilles, en fait ? Quand j'y pense, tu étais plutôt content que je ne vienne pas, moi !

Et je lui ai raccroché au nez.

Voilà, ça m'a fait un bien fou.

Mais il a aussitôt appelé maman qui n'était au courant de rien et à qui il a osé reprocher de nous monter contre lui. Comme maman criait au téléphone, on l'a rejointe, Adèle et moi, et j'ai arraché le téléphone des mains de maman pour lui dire que, cette fois, il poussait le bouchon trop loin et que je ne voulais plus entendre parler de lui !

Je pense que depuis il doit méditer car il n'a plus rappelé et c'est tant mieux !

Avant, quand j'étais trop triste de leur séparation, j'aimais bien prendre le vieil album photo de ma naissance.

Ils avaient l'air si heureux à l'époque. Et moi si folle de ce papa avec lequel j'avais l'air de m'éclater.

Comment peut-on changer ainsi de sentiments envers ceux qu'on a aimés ?

Je ne comprends pas.

Changeons de sujet car je vais me mettre à chialer, sinon.

Encore quelques jours de vacances.

Demain, maman nous emmène faire du shopping, Adèle et moi, car on n'a plus rien à se mettre !

Et il n'y a pas mieux pour se remonter le moral !!!

Journée shopping entre filles

Je fais souvent mon shopping avec Isa et on adore ça.
Mais avec maman et Adèle, aujourd'hui, c'était top.
D'abord parce que maman était en super-forme.
Je suis sûre et certaine maintenant qu'elle est amoureuse.
Premier indice :

Ce matin, elle chantonnait dans la cuisine tandis qu'elle préparait le petit déj. Ma mère chante comme une casserole, mais, là, elle s'en donnait à cœur joie. Ce n'était plus une casserole, mais toute la batterie !

C'est fou ce que ça fait comme effet, l'amour ! Je suis bien placée pour le savoir !!!

C'est drôle quand même que cette chose-là nous prenne à tout âge, même à celui de Mouchka.

À vrai dire, je trouve ça un peu dégueu ! Je sais que c'est bête et qu'il ne doit pas y avoir d'âge pour s'aimer, mais des vieux ensemble, quand même, beurk !

Deuxième indice, et non des moindres : elle a changé de parfum ! Or, depuis que je connais ma mère, elle porte le même, le premier que papa lui ait offert quand ils sortaient ensemble, et elle disait toujours qu'il aurait fallu un vrai boule-versement dans sa vie pour qu'elle parvienne à en changer, tant celui-ci lui collait à la peau. Adèle, Mouchka et moi

86

avions beau lui en offrir d'autres pour chaque fête des Mères ou anniversaire, rien n'y faisait. Et là, soudain, voilà qu'un nouveau flacon trône dans la salle de bains et qu'une nouvelle odeur flotte dans les couloirs !

Troisième indice : elle était de si méga-bonne humeur qu'elle était presque d'accord sur tout. Alors, Adèle et moi, on en a profité !

Je sais qu'il n'y a rien de plus superficiel que les fringues, mais j'adore, je suis comme ça et je ne me referai pas. Rien de plus excitant que de rentrer chez soi le soir, épuisée, des sacs plein les mains, que l'on jette sur son lit pour aussitôt tout réessayer.

Les filles du lycée qui s'habillent d'un sac de jute sous prétexte de se la jouer super-écolo-grandes-protectrices-de-la-nature et qui nous lancent des regards méprisants, je n'en ai rien à faire ! Moi aussi, je suis écolo, mais à ma façon ! Je trie les ordures avant de les jeter dans la poubelle, je ne laisse pas l'eau du robinet couler quand je me lave les dents, j'éteins la lumière en sortant d'une pièce... Mais je ne suis pas une intégriste. Moi, ce qui me tue, ce sont les gens qui en font trop et vous donnent des leçons.

J'ai vu l'autre jour un reportage sur des gens qui sont... Attendez, comment ça s'appelle, déjà... ? Ah, oui, les décroissants ! Trop forts ! Ils utilisent des chiottes sans eau et des couches bébé qu'ils lavent à la main...

Remarquez, je dis ça, mais Nathan, c'est aussi une sorte de décroissant, non ? Lui aussi vit à l'ancienne.

Bon, alors je retire tout ce que je viens d'écrire sur les décroissants.

Finalement, ce sont des gens très bien, responsables de l'environnement et de la nature et tout et tout.

Rentrée J-1 et autres événements

Youpi, demain c'est la rentrée !

Pour vous donner du cœur à l'ouvrage, amis lycéens, voici 7 judicieuses réponses, glanées sur le Net, à donner en cas de remontage de bretelles de la part de vos parents et professeurs :

1 : Je ne dors pas en classe, je me repose.

2 : Je ne parle pas en classe, j'échange mes opinions.

3 : Je ne glande pas en EPS, j'économise mon énergie.

4 : Je ne dis pas de conneries, je développe mon vocabulaire.

5 : Je ne lis pas en cours, je m'informe.

6 : Je ne sèche pas les cours, je suis appelée ailleurs.

7 : Je ne mange pas de chewing-gum, je muscle ma mâchoire.

Ce matin, Isa, dès qu'elle a eu quitté son désert, m'a envoyé un texto pour me dire qu'elle était en route, que je lui avais manqué, qu'elle avait hâte de me revoir ainsi que Tristan.

Mais la surprise est venue de Nathan.

Pendant le déjeuner, le téléphone de la maison a sonné. Je ne décroche pas car les gens ne m'appellent jamais sur mon fixe. C'est donc toujours pour maman. Mais quand elle a décroché et qu'elle a dit : « Ne quittez pas, s'il vous plaît », en me tendant l'appareil, là, j'ai compris tout de suite de qui il s'agissait.

— Coucou, je suis rentré, m'a dit Nathan. On se fait un cinoche, cet aprèm ?

Mon cœur s'est mis à battre à cent à l'heure. Je ne pensais pas le revoir avant demain, en cours.

Et là, ce n'est pas des papillons que j'avais dans le ventre, mais bien tout un essaim d'abeilles.

Nathan m'avait donné rendez-vous à 15 heures devant le lycée. Comme il n'a pas de portable, tout est plus compliqué à gérer, mais il va bien falloir que je m'y habitue. Quand je suis arrivée au bahut, il n'était pas encore là, ce qui ne m'a pas vraiment étonnée. J'ai tout de même paniqué un peu en me disant que s'il ne venait pas pour une raison ou pour une autre, il ne pourrait pas me prévenir ! Mais bon, il a rapidement mis un terme à mes inquiétudes, et de manière plutôt drôle... comme lui.

Alors que je faisais les cent pas, regardant de tous les côtés, mon portable a sonné, affichant un numéro inconnu.

— Je suis derrière toi ! a fait la voix que j'ai aussitôt reconnue.

Il était là, mon Nathan, un portable à la main !

Je n'en revenais pas.

— Figure-toi que mon père me l'a offert hier soir en me disant : « Ça t'évitera de passer tes prochaines vacances dans une cabine téléphonique. » J'ai d'abord failli refuser, histoire de rester fidèle à mes principes, mais j'ai aussi réalisé que ce serait drôlement chouette d'être en liaison constante avec toi.

Et alors qu'il me prenait dans ses bras et qu'il m'embrassait, une voix reconnaissable entre toutes s'est écriée :

— Ne vous gênez pas, surtout !

On s'est retournés tous les deux.

— Mais qu'est-ce que tu fous là, Aurélie ? a-t-il hurlé tandis que mon cerveau essayait de fonctionner en accéléré pour comprendre la situation. Tu m'espionnes, maintenant, tu me suis ? Et pourquoi on se gênerait ? lui a-t-il encore lancé en me serrant contre lui. Tu débloques complètement, toi !

— C'est toi qui débloques complètement. Hier, tu m'as dit qu'on irait au ciné. Je ne savais pas qu'elle serait là, elle !

— Je ne t'ai jamais dit ça ! T'es une mytho, une vraie malade. Mais si t'as envie de nous tenir la chandelle, à ta guise ! a-t-il ricané en me prenant par la main.

— Tu peux m'expliquer ? ai-je enfin demandé à Nathan alors qu'on s'éloignait et que je sentais le regard d'Aurélie me transpercer le dos.

— Ouais, j'aurais dû te le dire avant... mais...

Et là, en l'espace de quelques microsecondes, j'ai eu la certitude qu'il allait m'avouer qu'il était sorti avec elle, peut-être même pendant les vacances, car elle avait bien dit « hier ». Or, hier, il était encore en vacances !

— T'étais en vacances avec elle ? me suis-je entendue lui demander d'une voix tremblante.

— Oh, Philol, tu m'écoutes ?! a-t-il répliqué. Oui, j'ai passé une bonne partie de mes vacances avec elle, figure-toi !

Je nageais en pleine semoule. Je me disais que j'allais me réveiller, que ce n'était pas vrai !

— Comment ça ? ai-je tout de même réussi à articuler.

— Mon père vit avec sa mère, voilà !

Là, je suis restée la bouche ouverte, le poil hérissé et certainement pas très belle à voir.

— Allez, viens, je vais t'expliquer ! m'a dit Nathan.

— Attends, attends ! me suis-je énervée. Ton père vit avec la mère de ma meilleure ennemie, vous passez toutes vos vacances ensemble, et c'est maintenant que tu me le dis ?

— Philol, tu fais les questions et les réponses ou tu me laisses t'expliquer ?

À ce moment précis, je n'avais qu'une envie : le planter là et rentrer chez moi, tellement j'étais furax. Mais il m'a prise par le bras et m'a demandé de me calmer.

— D'accord, vas-y, explique !

— C'est tout bête, en fait ! Oui, mon père vit avec la mère d'Aurélie. C'est pas ma faute, figure-toi ! Il ne m'a pas demandé mon avis. Moi, je vis avec la mienne, mais, comme tous les enfants de divorcés, je passe une partie de mes vacances et quelques week-ends chez mon père. Et comme Aurélie vit chez sa mère...

— Mais alors, comment ça se fait qu'à la rentrée elle nous collait en permanence, Isa et moi, prétendant ne connaître personne ?

— Parce que quand j'ai vu qu'on était dans la même classe, je lui ai interdit de m'approcher ! Je l'ai menacée de lui pourrir la vie si elle ne me lâchait pas la grappe au bahut.

— Pourquoi tu ne me l'as pas dit, Nathan ? Tu savais comme je la détestais ?

— Écoute, j'ai pensé que ce n'était pas important. D'accord, c'est la fille de la meuf de mon père, mais je n'ai rien à voir avec elle, moi ! Je ne peux pas la saquer, cette nana, c'est une vipère, mais...

— Mais quoi ?

Nathan a rougi et a eu l'air bien embêté :

— Philol, il faut que tu me croies. Je te jure que je te dis la vérité.

— Je ne demande que ça.

— Bon... L'été dernier, ils avaient loué une maison en Bretagne, dans un coin paumé. Il pleuvait des cordes toute la journée et on s'ennuyait. Cela faisait pas mal de temps qu'elle me collait, qu'elle m'aguichait... Alors voilà...

— Voilà quoi ?

91

— Je... Il te faut un dessin, Philol ? On s'est retrouvés tous les deux alors que nos parents étaient allés voir un film qui ne nous branchait pas. On a trouvé une vieille bouteille de gin, qu'on a bue, et quand nos parents sont rentrés, ils nous ont trouvés au pieu. On était complètement ivres, mais je ne suis même pas sûr qu'il se soit passé quelque chose.

Petite parenthèse :
À ce moment précis, une question m'a traversée comme une boule de foudre.
Pas qu'une question, d'ailleurs, j'étais tout entière foudroyée.
Pourtant, je n'ai pas osé la formuler à voix haute.
Mais ici, rien ne m'empêche de l'écrire.
Si je crois Nathan quand il me dit qu'il pense que rien ne s'est passé avec Aurélie sur le plan sexe, comment pourrais-je savoir s'il l'a déjà fait avec quelqu'un (enfin quelqu'une) d'autre ?
C'est un sujet dont je parle très difficilement, même avec Isa.
Je sais que ni l'une ni l'autre ne l'a fait pour le moment, et qu'on se le dira lorsque ça nous arrivera. Parfois, je me dis que ce n'est peut-être pas normal d'être encore vierges à notre âge, mais je me rends compte aussi que, souvent, les filles comme les mecs se vantent de ne plus l'être alors que ce sont des vrais mythos. Mais ce qui est vrai aussi c'est que, sur Internet, sur les forums, il y a parfois des filles de 12-13 ans qui l'ont déjà fait ! Je trouve ça trop grave !
Je ne sais pas comment je réagirais si toutefois Nathan en avait envie...
Bref, ça me prend un peu la tête, même si ce n'est pas du tout obsessionnel chez moi et que, franchement, je ne me sens pas du tout prête.
Fermeture de la parenthèse et retour à l'essentiel, soit au moment crucial.

— ... Mais elle a prétendu que oui... Je ne te dis pas l'embrouille après entre nos parents, ni ce que sa mère a pu faire comme histoires. C'est tout juste si elle n'a pas exigé qu'on se marie ! Elle est complètement barge, cette femme, comme sa fille d'ailleurs !

— Tu m'étonnes. Je la connais, sa mère. Elle allait à l'école avec la mienne et elles étaient super copines. Et qu'est-ce qui s'est passé, après ?

— Mon père, lui, trouvait la situation plutôt cocasse et il s'est marré. En plus, il a fallu qu'on se retrouve dans la même classe ! Aurélie ne me lâche pas, tu comprends ? Je ne lui avais rien dit pour nous deux, mais là, pendant les vacances, elle a voulu refaire le même coup ! Cette fois, je ne me suis pas laissé faire et je lui ai dit que j'étais fou amoureux de toi...

— Tu lui as dit quoi ? ai-je fait comme si je n'avais pas bien entendu.

— Que j'étais amoureux de toi ! a-t-il répété en riant.

— Non, ce n'est pas exactement ce que tu lui as dit ! Il manque un mot.

— Que j'étais fou amoureux de toi ! a-t-il répété en me regardant droit dans les yeux, puis en m'embrassant.

— Et qu'est-ce qui s'est passé ensuite ?

— Valérie, furax, m'a traité de petit salaud ayant déshonoré sa fille. Les choses se sont envenimées entre eux. Mon père lui a rétorqué qu'elle ferait mieux de surveiller Aurélie qui n'était qu'une allumeuse. Moi, j'étais mort de rire. En tout cas, bonjour l'ambiance pendant les vacances !

— Comment elle a su pour notre rendez-vous ?

— Je t'ai appelée de chez mon père, du fixe, car je n'ai pas encore l'habitude du portable. Elle a dû m'entendre, je suppose... Bon, on va le voir, ce film ?

Voilà. Quelle drôle d'histoire, non ?

Cela dit, je ne voudrais pas être à sa place, à Aurélie. Car je suis sûre qu'elle est amoureuse de Nathan, et devoir passer des vacances avec lui dans ces conditions... La pauvre ! Si je ne la détestais pas autant, je la plaindrais, tiens.

Après le cinéma, Nathan m'a raccompagnée chez moi.

— Tu veux entrer et que je te présente à ma mère ? lui ai-je demandé.

— Non, je suis trop timide ! a-t-il rétorqué en riant avant de m'embrasser.

Au dîner, j'ai bien vu que maman avait envie de nous annoncer quelque chose sans trop savoir comment le faire. Alors je me suis dit que j'allais l'y aider, d'autant que je me doutais de ce dont il s'agissait. Ce que m'a dit Mouchka a fait son petit bonhomme de chemin dans mon esprit. C'est vrai que maman est seule depuis toutes ces années où elle n'a fait que s'occuper de nous, alors que papa, lui, il ne s'est pas gêné pour vivre une autre vie. Elle a donc bien le droit de s'éclater un petit peu. D'autant que, Mouchka a raison, un jour, Adèle et moi on partira et maman se retrouvera toute seule. Alors, si elle rencontrait quelqu'un de bien, avec qui elle voudrait refaire sa vie, ce n'est pas moi qui l'en empêcherais, même si l'idée de voir un inconnu débarquer chez moi, de devoir partager avec lui ma salle de bains, ma vie... Ça, c'est une autre histoire. Surtout que, si ça se trouve, il est divorcé, lui aussi, il voudra faire venir ses mômes chez moi... et je devrai peut-être même partager ma chambre avec eux !

LE CAUCHEMAR !

Alors, il m'a fallu une bonne dose d'héroïsme, pour lui lancer :

— Allez, maman, parle-nous de ton amoureux !

— De ton amoureux ? a fait Adèle qui tombait des nues tandis que maman éclatait de rire.

— Tu l'as connu où ?

— Au travail.

— Tu as une photo ? a demandé Adèle.

Maman a aussitôt dégainé son portable. Des photos, elle en avait, et pas qu'une. Elle nous en a même montré quelques-unes d'eux ensemble. Moi, ça m'a fait tout bizarre de la voir enlacée avec un autre homme, mais, très franchement, je dois avouer qu'ils forment un beau couple et qu'il est plutôt pas mal, son mec !

— Tu le vois quand ?

— Toute la journée, au bureau, et mes week-ends libres. Mais j'avoue que c'est assez compliqué car lui aussi a des enfants !

Quand je vous disais que ça me pendait au nez, ça !

— *Des* enfants ! Combien ?

— Deux.

— Et il n'a pas honte d'avoir quitté sa femme, de l'avoir abandonnée avec deux enfants !

— C'est sa femme qui l'a quitté, ma chérie !

Là, j'avoue que je suis restée bête. Pourquoi effectivement s'imagine-t-on systématiquement que ce sont les mecs qui quittent leur femme ? Enfin, la plupart du temps, c'est quand même ce qui se passe.

— Et elle est partie avec ou sans ses enfants ?

— Avec.

— Mais ce n'est pas juste !

— Si, il a préféré que ses enfants restent avec leur maman. Il a pensé que c'était mieux pour eux. Il les voit un week-end sur deux et la moitié des vacances scolaires, comme Adèle et toi avec votre père.

— Ils ont quel âge ?

— 10 et 17.

— 17 ? Fille ou garçon ?

— Garçon. La plus jeune est une fille.

Tiens, un garçon de 17 ans... Avoir un grand frère, ça pourrait être rigolo ! J'ai aussitôt repensé à l'histoire d'Aurélie et Nathan et j'ai réalisé que je n'en avais pas parlé à ma mère.

— Ça veut dire que je vais encore avoir un frère et une sœur ? a demandé Adèle.

— Non, ma chérie ! Ce sont ses enfants à lui, pas les miens. Mais peut-être qu'un jour on aura envie de vivre ensemble, alors là, forcément, tu seras amenée à les côtoyer.

— Au fait, maman, tu sais, mon amoureux ?

— Oui ?

— Son père vit avec Valérie.

— Ah bon ? Elle m'avait dit qu'elle avait fait la connaissance de quelqu'un qui avait un fils de l'âge d'Aurélie. Au début, elle n'avait pas de mots pour faire l'éloge de ce garçon. Elle disait qu'elle aimerait trop que ça se termine par un mariage entre sa fille et lui. Décidément, le monde est bien petit.

— Tu l'as dit. Mais si on revenait à tes amours à toi ?

— En fait, il fallait que je vous en parle, mes chéries, car j'aimerais bien vous le présenter.

— Vous allez vivre ensemble ? ai-je demandé.

— Nous n'en parlons pas pour le moment. Nous sortons ensemble, nous nous offrons de petites escapades de temps en temps, et c'est tout. Cela nous satisfait l'un comme l'autre. En tout cas, en ce qui me concerne, je suis très bien comme ça. Ma vie avec toi et ta sœur me convient parfaitement. Et, très franchement, je ne pense pas que tu verrais d'un très bon œil qu'un homme s'installe ici.

En me disant ça, elle a soulevé le sourcil et m'a regardée par en dessous, guettant ma réaction, comme si elle tâtait le terrain.

J'ai haussé les épaules et n'ai pas répondu.

Bien sûr que je n'ai pas la moindre envie de voir un étranger débarquer, mais je reconnais que je comprends parfaitement qu'elle ait envie de refaire sa vie, elle aussi, comme papa.

Pour faire diversion, je lui ai demandé :

— Tu les connais, ses gosses ?

— Non, pas encore...

— Et au fait, il s'appelle comment, ton amoureux ?

— Fred.

— Va pour Fred ! lui ai-je dit en me levant pour lui faire un bisou.

Après le dîner, j'ai pas mal tchatté avec Isa qui tchattait en même temps avec Tristan qui lui tchattait en même temps avec Benjamin.

Quand je lui ai raconté le coup d'Aurélie et Nathan, elle a halluciné.

— Méfie-toi, m'a-t-elle dit, sa vengeance risque d'être terrible !

Et elle n'a pas tort. Avec Aurélie, il faut toujours s'attendre au pire !

Voilà les dernières news. Demain, lycée, et sans doute de nouvelles aventures !

Ah, non, ce n'est pas tout !

Ce soir, mon père m'a envoyé un texto, me proposant de déjeuner avec lui, demain midi.

« Moi, toute seule ? », lui ai-je demandé, très étonnée.

« Oui, toi toute seule. »

Sans doute cherche-t-il à se faire pardonner.

J'ai failli refuser, mais j'avais quand même envie de l'entendre se confondre en de plates excuses.

Bon, je vous raconterai.

Une rentrée mouvementée

Hier, j'écrivais : « Demain, lycée, et sans doute de nouvelles aventures ! »

Eh bien, je ne croyais pas si bien dire !

Je vous explique :

Ce matin, en arrivant au bahut avec Isa, j'ai cherché Nathan du regard. Mais, visiblement, il n'était pas encore arrivé.

En apercevant Aurélie qui semblait attendre quelqu'un en faisant les cent pas devant la grille, j'ai eu comme un mauvais pressentiment.

Elle attendait quelqu'un, effectivement, et ce quelqu'un, c'était moi !

J'ai tout de suite compris à son regard sournois, à son sourire narquois, qu'elle tenait sa vengeance. Chez elle, la vengeance est un plat qui se mange chaud !

— Je suppose que Nathan n'aura pas eu le temps de te prévenir ? a-t-elle sifflé tel un serpent vénéneux.

— Me prévenir de quoi ?

— Tu n'es pas au courant ? a-t-elle jubilé.

— C'est bon, Aurélie, s'est impatientée Isa, crache ton venin ! On le voit qui suinte déjà de ta bouche.

(Je ne sais pas si vous l'avez remarqué, mais ma cop' Isa, c'est la reine des formules qui tuent. Je l'adore !)

Là je plaisante, mais j'avoue que je ne rigolais pas, sur le coup !

— Ce pauvre Nathan, il est <u>en garde à vue</u>, figurez-vous !

— En garde à vue ! nous sommes-nous écriées, Isa et moi, tandis que les battements de mon cœur s'accéléraient de manière inquiétante.

— Oui, une histoire de cannabis, apparemment.

— Du cannabis ! Mais Nathan m'a dit qu'il n'en consommait pratiquement plus.

— Il t'aura menti... Tu sais, moi, il me dit tout... On est très proches, tous les deux.

— La ferme, Aurélie ! s'est alors emportée Isa, chose dont, à ce moment précis, j'étais bien incapable, tant j'étais foudroyée par la nouvelle. On sait tout, à propos de Nathan et toi, comme tu t'es jetée à sa tête, comme tu ne supportes pas qu'il te repousse et préfère Philol. Tu en crèves de jalousie, au point de l'avoir probablement dénoncé. Tu peux tromper bien du monde, ma petite, mais pas nous.

Je ne crois pas en Dieu, mais parfois je me dis qu'on a tous un bon ange qui veille sur nous. Au moment où Isa allait m'entraîner, un copain d'Aurélie, un gars de terminale avec qui elle traîne parfois et qui a une réputation de petit dealer, s'est approché de nous et lui a demandé :

— Tu as mon <u>pognon</u> ?

Aurélie est devenue rouge cramoisi et l'a entraîné par le bras. Ils avaient l'air de se disputer.

— Tu vois, elle a dû acheter du shit à ce mec et le glisser dans le sac de Nathan.

— Mais elle aurait fait ça quand ?

— Pas difficile ! Tu m'as dit qu'ils sont rentrés samedi et qu'elle savait déjà pour Nathan et toi. Elle a probablement contacté ce type hier soir et lui aura donné rendez-vous.

— On n'a pas de preuves.

— Non, mais ce mec pourrait bien nous en fournir. T'inquiète, ils ne vont pas le mettre en prison, ton Nathan. Son papa aura tôt fait de le sortir de ce mauvais pas. C'est cette saleté d'Aurélie qu'il faudrait faire payer. Je t'avais dit qu'elle se vengerait, mais elle l'a fait bien plus vite que je ne le pensais. Allez, viens, maintenant, on va en cours ! Je te parie que ton Nathan ne tardera pas à nous rejoindre.

Elle avait raison. Il est effectivement arrivé à l'interclasse, juste avant le dernier cours de la matinée. Après m'avoir embrassée, c'est Aurélie qu'il a cherchée du regard. Celle-ci triomphait, entourée de sa cour habituelle. Il s'est alors dirigé vers son groupe et s'est frayé un passage jusqu'à elle.

<u>Le crachat</u> qu'il lui a alors envoyé à la figure était si énorme qu'il lui a recouvert une bonne partie du visage.

BIEN FAIT POUR ELLE !

Voilà le résumé de cette matinée mouvementée.

À midi, mon père m'attendait donc à la sortie du lycée.

Chose bizarre, il m'a emmenée manger des sushis. Il m'a dit que sa femme détestait la cuisine exotique dont, lui, raffolait. Mais ce qui est encore plus bizarre, c'est qu'on est allés au même sushi-bar qu'avec maman ! Alors, dans un premier temps, je me suis tout de suite fait un sacré film : papa et maman se retrouvent régulièrement en cachette et projettent même de se remettre ensemble ! C'est n'importe quoi, je sais… Mais imaginez qu'ils s'y croisent un jour, dans ce resto, comme ça, par hasard… Maman au bras de son amoureux et papa… Au bras de qui, papa ? Pas de sa femme, puisqu'il m'a dit qu'elle détestait ce genre d'endroits. Alors ? Mais non, pas au bras d'une autre !!! Il ne va pas recommencer !

En fait, c'est surtout Nathan que j'avais dans la tête.

Mon paternel s'en est rendu compte : tu penses, je n'écoutais pas un mot de ce qu'il me racontait et, tout à coup, il m'a dit :

— Eh, Philomène, à quoi tu penses, là ? Ou plutôt à qui ?

Et c'est là que je me suis souvenue que mon père était avocat.

— Dis, papa, qu'est-ce qu'on risque quand on se fait cho-per avec du shit à notre âge ?

— Tout dépend de la quantité et de l'usage. Si c'est juste pour se rouler quelques joints, pas grand-chose, en fait. Tu as un copain dans ce cas ?

— Oui, mais il n'en consomme pas... Enfin, plus. On lui en a mis dans son sac et on l'a dénoncé.

— Ils sont sympas, tes copains, dis donc ! Écoute, s'il a besoin d'un excellent avocat, je suis son homme !

J'ai probablement dû blêmir car il a aussitôt ajouté :

— Je plaisante, voyons ! Il n'aura pas besoin d'un avocat pour quelques grammes de shit ! Mais revenons-en à ce que je te disais, ma chérie.

Il me donnait du « ma chérie » pour se faire pardonner, sans doute.

— J'ai réfléchi à ce que tu m'as dit au téléphone et je suis vraiment désolé qu'Adèle ait perçu les choses comme ça. J'en ai parlé à Françoise et lui ai dit que, effectivement, Adèle et toi comptiez autant pour moi que Sam et Louis. Et que je ne pouvais supporter l'idée même que vous n'ayez plus envie de me voir.

Il semblait alors vraiment sincère, mais je n'ai pas su quoi lui dire, en fait !

— C'est tout l'effet que ça te fait ?

— Non, non, c'est super ! Bravo, papa !

— Tu n'es plus fâchée ?

— Euh, disons que je te laisse un sursis. Affaire à suivre...

— Tu verras, m'a-t-il dit en adressant un geste au garçon pour demander l'addition.

Et là, je n'ai pas pu m'empêcher de lui lâcher :

— Tu savais que maman a quelqu'un dans sa vie et qu'ils viennent très souvent ici ?

Je vous jure qu'il a carrément changé de couleur, mon père !

— Non, je ne savais pas..., a-t-il bredouillé. Tu sais, ta mère et moi, on ne se parle pas trop.

Tout à coup, il semblait hyper pressé de partir.

Et si, finalement, il était encore amoureux de maman ?

Non, n'importe quoi ! Depuis le temps... Alors pourquoi semblait-il si ennuyé, selon vous ?

Difficile à comprendre, tout ça.

Moi, je rêve trop du grand amour, celui qui durera toujours. Les copines disent que ça n'existe plus, tout ça. Que maintenant on change d'amour comme de boulot.

Oui, je rêve du prince charrrrmant, comme dans les contes de fées :

Un jour mon prince viendra,
D'un baiser il me réveillera,
Un éternel amour il me vouera,
Dragons et sorcières il vaincra,
Tous les pièges pour moi déjouera.
Et ça finira comme dans « Il était une fois... »

Alors faut que j'en profite car, finalement, en amour, le meilleur c'est toujours au début. Mais si celui-ci se mesure au nombre de textos reçus pendant le dîner, je crois que Nathan est carrément fou de moi.

En tout cas, il a appris drôlement vite à se servir de son portable.

fin du premier trimestre

Me revoici après quelques semaines sans avoir eu la moindre minute pour écrire et, pourtant, il s'en est passé, des choses !

Figurez-vous qu'Aurélie a complètement disparu de notre vie, et c'est tant mieux. L'affaire de Nathan a fait du bruit. Il a aussitôt été convoqué chez le proviseur, déjà informé. Le problème, c'est qu'il devait convaincre tout le monde de sa bonne foi et de la culpabilité d'Aurélie, ce qui n'était pas gagné vu l'excellence de sa réputation à elle. Mais j'avais raconté à Nathan l'histoire du mec de terminale qui était venu la trouver et il est allé le voir. Le type qui, au départ, n'était pas au courant des intentions d'Aurélie a aussitôt craché le morceau en avouant que oui, il avait bien vendu quelques boulettes de shit à cette garce, la veille de la rentrée. Alors il est allé trouver Aurélie en lui disant qu'il savait tout et que, si elle n'allait pas dire toute la vérité au proviseur, il les dénoncerait, elle et son complice.

L'affaire s'est réglée comme ça et a été aussitôt étouffée.

Aurélie a quitté le lycée pour le privé et personne ne s'en est plaint.

C'est fou comme l'ambiance dans la classe a changé depuis. En fait, son trip à elle, c'était de monter les gens les uns contre les autres, et maintenant qu'elle n'est plus là, dans notre classe c'est comme dans le monde de Oui-Oui, où il n'y a que des amis !

Conséquence de cette affaire : il y aurait de l'eau dans le gaz entre le père de Nathan et la mère d'Aurélie, mais cela ne nous regarde pas.

J'ai bien sûr raconté toute cette histoire à ma mère qui s'est aussitôt affolée :

— Mais tu es sûre qu'il ne se drogue pas, ton copain ?

— Enfin, maman, je t'ai dit qu'il lui arrivait de fumer un joint de temps en temps, mais c'était surtout l'année dernière. Il m'a juré qu'il n'y touchait pratiquement plus.

— Comment peux-tu en être si sûre ? a-t-elle lourdement insisté, ce qui m'a mis la puce à l'oreille.

— Et pourquoi, toi, tu n'en es pas sûre ?

— Parce que... Valérie m'a appelée...

Je le savais !

— Elle t'a dit quoi ?

— Qu'elle avait appris par hasard que tu sortais avec le fils de son compagnon... Elle avait, je crois, oublié qu'elle m'en avait déjà parlé et qu'elle m'en avait dit le plus grand bien. Quand je lui ai demandé où était le problème, elle m'a répondu que ce Nathan n'était qu'un petit voyou qui se droguait...

— Et tu l'as crue ?

— Non, mais, tu sais, il y a plein de jeunes qui se droguent et je ne voudrais pas que ça t'arrive...

— Maman, tu sais bien que je déteste tout ce qui ressemble de près ou de loin à la cigarette !

Ce chapitre clos, la vie a ensuite repris un cours bien plus tranquille avec Nathan, Isa et Tristan.

Il paraît que Benjamin a une copine, aussi, depuis peu. Mais elle n'est pas au lycée avec nous. Ce que je regrette, c'est que, depuis que je sors avec Nathan, Benjamin s'est éloigné de Tristan et je m'en sens un peu responsable. Je ne vois pas pourquoi il ne se joindrait pas à nous avec sa nouvelle copine. Plus on est de fous, plus on rit, non ?

Blague à part, on a une tonne de travail. Le premier trimestre se termine avec son lot de contrôles, de DST et de conseils de classe. Bientôt les bulletins, mais je ne me fais pas trop de souci. J'ai eu plutôt des bonnes notes.

Mouchka nous a présenté son ami Max.

Ils nous ont invitées toutes les trois au resto, et c'était trop sympa.

Ils se sont bien trouvés, tous les deux. Il est aussi fou qu'elle. Mais un vrai gentleman, qui t'aide à enlever ton manteau et recule ta chaise pour t'aider à t'asseoir. Adèle et moi, on était mortes de rire. En plus, il est d'origine russe et parle en roulant les r. Mais le plus drôle, c'est de les voir aussi amoureux à leur âge. On s'est tapé un méga-fou rire quand Mouchka a levé son verre pour trinquer à nos amours :

— C'est merveilleux, a-t-elle dit, d'être amoureuses toutes les trois ensemble ! C'est une situation inédite. Il ne manque plus que toi, ma chérie ! s'est-elle adressée à Adèle.

— Eh bien, justement…, a répondu celle-ci.

Elle a de l'humour, mon Adèle. En plus, elle est belle comme un cœur et je me dis qu'elle doit avoir plein de prétendants. Si ça se trouve, elle ne plaisantait pas ! ?

GLOUPS !

C'est bientôt les vacances, et une nouvelle année approche à grands pas.

L'hiver est arrivé prématurément, il s'est mis à neiger dès début décembre et il fait un froid sibérien.

Autant j'aime la neige à la montagne, autant je trouve ça plutôt cra-cra à Paris, car elle se transforme aussitôt en boue noire et collante.

Nathan m'a dit que, normalement, il partait à la montagne avec son père, mais que cette année, apparemment, rien n'était moins sûr car il ne veut plus revoir Aurélie, alors c'est plutôt compliqué.

La mère de Nathan est hôtesse de l'air et, pour les fêtes, elle sera à l'autre bout du monde.

Quant à nous, cette année, ce devrait être Noël avec papa et nouvel an avec maman. Mais j'ai cru comprendre que pour Fred ça risquait d'être l'inverse, Noël avec ses enfants et nouvel an tout seul.

Hé, je viens d'avoir une méga-idée, qui fera bientôt ma fortune ! Inventer un logiciel de gestion du planning des week-ends et des vacances pour les familles recomposées.
Car ça ne va pas tarder à devenir ingérable pour nous, sinon. Devoir jongler entre celles de papa, de Nathan, de Fred et la nôtre, bonjour le casse-tête !!!

Revenons donc aux prochaines vacances de Noël.

Pour l'instant, rien n'est encore établi et je déteste être dans le flou. Alors je trace déjà mes propres plans sur la comète.

L'idéal serait donc :

Qu'Adèle et moi passions Noël avec papa comme prévu. Qu'Adèle soit avec maman et Fred pour le nouvel an, que Nathan soit chez son père pour Noël pendant qu'Aurélie serait chez le sien et que, pour le nouvel an, elle soit chez sa mère, tandis que Nathan serait avec moi à la mega-teuf qu'Isa va faire chez elle.

Enfin le *hic*, c'est que maman aura peut-être envie d'être seule avec son amoureux pour le réveillon !

Quand je vous disais que j'avais un ange gardien qui veillait sur moi. Là, en l'occurrence, l'ange a les cheveux rouges et s'appelle Mouchka.

Elle vient d'appeler maman pour lui proposer d'emmener Adèle à la montagne avec elle et Max pendant la deuxième semaine des vacances.

— Je l'aurais bien proposé aussi à Philomène, mais je suppose qu'elle n'en a pas envie, n'est-ce pas ?

— Non, Mouchka, pas pour le nouvel an, mais pour février, oui, c'est promis.

En prévision de sa fête, Isa et moi, on est allées faire du shopping après les cours, histoire de nous trouver une tenue adéquate.

Tristan et Nathan voulaient venir avec nous, mais il n'en était pas question !

— Allez, Philol, j'adore faire du shopping avec les filles ! a prétendu Nathan.

— Et moi, a enchaîné Tristan, j'ai beaucoup de goût en matière de vêtements féminins !

Ce qui ne nous a pas du tout convaincues de l'utilité de leur présence.

Au début, ils nous ont même suivies sans qu'on s'en rende compte, mais ils ont vite été débusqués et on les a renvoyés aussi sec.

Pour changer, on s'est acheté chacune une petite robe noire (encore une), une veste flashy pour aller par-dessus et même un chapeau. On sera super !

Mais encore faut-il résoudre la question du programme des vacances.

En ce qui me concerne, je vais m'y employer et aborder le sujet dès ce soir avec maman, car je ne lui ai même pas encore parlé de la fête d'Isa.

Ciao !

Le baby-sitting

Comme mon argent de poche et autres petits cadeaux en monnaie sonnante et trébuchante ne suffisent pas à l'énormité de mes besoins, j'arrondis mes fins de semaine en faisant du baby-sitting dans mon quartier. Du haut de mes 15 ans, j'ai déjà une solide expérience en la matière car je fais ça depuis la 6e! Au début, je gardais de temps en temps les enfants de mon immeuble pour un salaire de misère, mais, grâce au bouche à oreille, à la boulangère et à une réputation de fille hyper sérieuse, je me suis fait une petite clientèle, et j'ai mes familles attitrées, qui ne jurent que par moi. Attention, pas question d'aller chercher tous les soirs les mômes à la sortie de la crèche ou de l'école! Non, j'ai une vie quand même! Mais comme j'habite un quartier assez bourge où les gens, crise ou pas, continuent à se faire des restos, des cinoches, des concerts, bibi ne chôme pas. C'est même plutôt chouette car j'arrive un peu avant l'heure du dîner, on mange ensemble, les enfants et moi, ensuite une histoire (parfois plus!) et dodo. Après, moi, j'ai tout le loisir de bouquiner, travailler, regarder la télé sur le méga-home-cinéma, jusqu'à ce que monsieur et madame rentrent et me glissent un billet dans la main! Souvent, même, on me raccompagne chez moi, histoire de ne pas laisser une toute jeune fille de mon âge traîner dans la rue à des heures indues.

Parfois, papa me le demande aussi quand il veut sortir avec Françoise en amoureux. J'accepte, bien sûr, mais je ne lui fais pas de réduction. J'applique le même tarif que pour tout le monde, ce dont ils peuvent s'estimer heureux car, vu comme je déteste leurs gosses, j'estime que je devrais même prendre plus cher.

Cette année, pour la première fois, une maman m'a demandé si je pouvais garder sa petite fille de 3 ans pendant la première semaine des vacances car sa nounou l'avait plantée. Ce qui faisait quatre jours, en fait, car elle ne travaille pas le mercredi. Je n'ai pas accepté tout de suite. Je n'étais pas trop emballée, d'abord parce que moi aussi j'ai besoin de vacances, et ensuite parce que, même si j'adore les gosses, m'en coltiner un du matin au soir, ça ne va pas être de la tarte. Pourtant, en y réfléchissant et étant donné l'aspect financier de la chose, je me suis dit que ça m'arrangerait plutôt bien, vu la tonne de cadeaux que j'avais à faire pour Noël. En plus, comme Nathan ne serait pas à Paris cette semaine-là et que garder la petite ne m'empêcherait pas de voir Isa le soir et le mercredi, j'ai accepté.

La maman est ravie. Je connais Laurie, sa gamine, elle est super mimi et très sage. En général, je préfère garder les filles plutôt que les garçons. M'allonger sur le parquet pour faire rouler des trains et des voitures ou alors shooter dans un ballon, ce n'est pas du tout mon truc. Non, je préfère jouer aux Barbie. En plus, cette petite, elle, ce qu'elle aime, c'est que je lui lise des histoires. Elle ferait bien ça toute la journée. Alors je l'emmènerai à la médiathèque et ce sera cool.

Voilà donc un problème réglé. Il faut dire que, finalement, ce baby-sitting tombe à point. Les fêtes approchant, ces sous seront les bienvenus !

Vive les vacances !

Plus de pénitences,
Les cahiers au feu,
Et les profs au milieu !

Nous voici donc de nouveau en vacances et toutes les difficultés qui s'annonçaient ont fini par s'aplanir car chacun y a mis du sien et a fait preuve de bonne volonté. Il faut dire aussi que chacun y cherchait son propre intérêt, mais nous avons eu la chance qu'il fût le même pour tous : faire en sorte de passer de bonnes vacances et fêtes de fin d'année.

Alors, voici le programme :

Adèle et moi passons le soir de Noël avec maman et le lendemain avec papa, ce qui nous satisfait, autant que Françoise, qui doit se réjouir de n'avoir que ses chéris avec elle le soir même. Mais Françoise, on s'en fiche ! En plus, papa nous a proposé à Adèle et moi de passer la journée du lendemain chez Mickey rien que tous les trois, ce qui est inédit et lui a probablement coûté une belle engueulade avec sa femme.

Ensuite, Adèle part à la montagne avec Mouchka et Max, et moi, je reste à la maison avec maman, sauf le soir du nouvel an où je serai chez Isa et elle avec Fred.

Je lui ai parlé de la fête pour qu'il n'y ait pas d'embrouilles et, visiblement, ça ne lui a pas posé de problèmes.

Ô Fred que je ne connais pas encore, merci de nous avoir transformé et décoincé des pieds à la tête notre chère petite maman, par la seule force de votre amour ! Grâce à vous, l'annonce de la soirée d'Isa est passée comme une lettre à La Poste ! Je ne vous en serai jamais suffisamment reconnaissante !

La question la plus délicate était celle de Nathan. Finalement, tout s'arrange aussi de ce côté-là : Aurélie passe Noël chez son père, ce qui permet à Nathan d'être avec son père et... avec MOI, pour le nouvel an et la soirée d'Isa !

Il n'y a plus qu'à attendre *le grand soir*.

Entre-temps, je m'occupe de la petite Laurie qui est hyper cool. La seule chose qui me gave, c'est de devoir me lever à peu près à la même heure que si j'allais au lycée. Mais, sinon, c'est plutôt chouette. Quand j'arrive chez elle, Laurie dort encore. Avant de partir au boulot, sa mère nous a préparé un super-petit déj que nous prenons en tête à tête quand elle se réveille. Ensuite, je lui fais sa toilette, je l'habille et on va soit à la médiathèque, soit au parc, soit juste se balader. À midi, je n'ai qu'à réchauffer le repas préparé la veille par la maman et, ensuite, Laurie fait une sieste jusqu'à presque 16 heures. Pendant qu'elle dort, je peux carrément me reposer, bouquiner, envoyer des sms et parler à Nathan, qui, pour quelqu'un qui était antiportable, a rapidement changé d'avis !

Il est parti samedi, nous sommes mardi, et c'est fou ce qu'il me manque déjà.

Tiens, il y a longtemps que je n'ai pas joué aux 7 choses ! Alors allons-y :

Les 7 choses que j'aime chez Nathan :

1 : Sa beauté.

2 : Son intelligence.

3 : Ses cheveux ébouriffés.

4 : Sa manière de s'habiller faussement négligée et baba cool.

5 : Sons sens de l'humour.

6 : Sa culture : je n'aurais pas supporté de sortir avec un mec inculte.

7 : Le fait qu'il soit amoureux de moi !!!

Je devrais aussi faire la liste des 7 choses que je n'aime pas chez Nathan, mais j'aurais bien du mal à en trouver autant.

La seule chose qui me dérange chez lui, c'est qu'il fume un peu trop, et je déteste l'odeur de la cigarette. Mais bon, il le sait et fait des efforts pour fumer moins quand on est ensemble.

Demain, c'est mercredi et je serai donc en RTT !

En attendant le grand soir, j'en profiterai pour faire le rangement dans ma chambre. Ça me prend en général une fois par an, et toujours à cette époque, pendant les vacances de fin d'année. Comme si chaque fois je voulais faire table rase de l'année qui se termine. Autant l'année dernière c'était justifié, car ma vie n'était pas top à ce moment-là (je me sentais hyper mal dans ma peau et dans ma tête), autant cette année, pour la première fois, je n'ai pas un monstrueux cafard à l'approche des fêtes. Bien au contraire ! De toute manière, le rangement, lui, se révèle nécessaire et cela pour au moins :

7 bonnes raisons :

1 : Les tiroirs de mon bureau explosent de choses inutiles, vieux cahiers et feuilles de classeurs.

2 : Je dois faire le tri dans mes armoires de fringues, de lingerie, car plus rien ne me va.

3 : Je dois faire le tri dans mon placard à chaussures pour faire de la place aux nouvelles.

4 : Je dois ranger mes livres qui tiennent miraculeusement en équilibre sur les étagères.

5 : J'en ai marre de me prendre les pieds dans des piles de magazines que je laisse traîner par terre.

6 : Je ne trouve plus rien dans ce bazar.

7 : J'en ai marre d'entendre ma mère me demander de ranger ma chambre !

Et puis, en général, ça me permet de retrouver des trucs que j'avais oubliés, de revivre certains moments agréables. Je fais partie de ces nanas qui gardent tout, qui détestent jeter quoi que ce soit. Alors, quand vient le GRAND-JOUR-ANNUEL-DU-RANGEMENT, je retrouve toutes ces petites choses (tickets de cinéma, places de théâtre, programmes, cartes d'anniversaire...) et je me souviens de la journée particulière à laquelle elles se rattachent. Ensuite, je place ces trésors dans ma boîte en plastique à roulettes que je glisse sous mon lit et où s'entassent tous mes souvenirs depuis que j'ai 8 ou 9 ans.

En fait, ce jour-là, c'est ma madeleine à moi !

Mais il va falloir aussi que j'aille faire mes achats de Noël. Comme je ne serai payée que vendredi, j'irai samedi. Je sais que ce n'est pas idéal d'attendre le dernier moment, mais là, pas le choix !

Cette année, le soir de Noël, nous serons cinq avec Mouchka et Max. Tiens, il va falloir que je trouve un petit cadeau pour

Max aussi. Faut que je demande à Mouchka ce qui lui ferait plaisir.

Mais je n'ai qu'une hâte, être à la semaine prochaine, que je ne consacrerai qu'à Nathan et qui se terminera en apothéose par la teuf d'Isa.

Bonne année !

Me voici de retour après une bonne dizaine de jours de silence qui, comme vous vous en doutez, ont été bien remplis.

Je passe brièvement sur les fêtes de Noël qui se sont bien passées.

Le réveillon à la maison, égayé par les facéties de Mouchka et Max qui nous ont toutes rudement gâtées, était super sympa.

Quand j'avais demandé à Mouchka ce qui ferait plaisir à Max, elle avait répondu :

— Un yacht, ma chérie ! Max rêve de pouvoir s'acheter un yacht afin de m'emmener faire le tour du monde ! Mais cela m'étonnerait qu'il y parvienne vu notre âge et le peu d'économies dont nous disposons.

Alors, j'ai eu une super-idée : je suis allée dans un magasin de jouets et lui ai acheté un yacht en modèle réduit !

Quand je le lui ai donné, je lui ai dit qu'il y avait un début à tout. Max en a ri aux larmes et j'étais vraiment très fière de moi !

Maman aussi m'a gâtée avec le smartphone dont je rêvais.

— J'espère que cette fois c'est le bon code ! m'a-t-elle dit en me tendant le coffret.

Mouchka et Max m'ont offert une parure de bijoux : collier, bracelet, boucles d'oreilles. J'adore ! Je les ai mis pour la soirée d'Isa.

Et Adèle m'a offert des petits cadres pour décorer ma chambre. Moi, je lui ai acheté un journal intime, ce qui a fait non seulement terriblement plaisir à ma petite sœur, mais également à maman. Pour elle j'avais choisi un cadre photo à poser.

— Je le mettrai sur mon bureau avec une photo de vous deux ! m'a-t-elle dit en m'embrassant.

— Mais non, c'est pour mettre une photo de Fred sur ta table de nuit ! ai-je protesté.

À minuit, Max a entonné des chants de Noël en russe. C'était trop.

Nathan est rentré dimanche. On s'est vus le soir même et, quand il m'a prise dans ses bras, j'ai cru que j'allais tomber dans les pommes.

C'est fou ce que je l'aime et, le pire, c'est que j'ai du mal à comprendre pourquoi lui m'aime autant. Car, franchement, je ne suis pas un canon. Mignonne, oui, mais sans plus. Il y a des tonnes de filles bien plus jolies que moi au lycée, et même dans ma classe. Alors je ne vois pas ce qu'il me trouve !

Mais revenons au sujet principal : la fête d'Isa.

Elle n'avait pas invité grand monde. Juste nos potes les plus proches. On devait n'être qu'une petite vingtaine. Alors, quand Aurélie s'est pointée à la porte, on a eu un sacré choc, toutes les deux.

Moi, j'ai d'abord cru qu'Isa l'avait invitée dans mon dos. Et elle, elle a cru que c'était Nathan qui lui en avait parlé. Mais on a bien vu que lui non plus n'était pas au courant. Il s'est aussitôt précipité vers elle pour l'empêcher d'entrer, mais on s'est aperçus qu'elle était venue au bras de... Benjamin !

Même Tristan en est resté la bouche ouverte de stupeur.

C'est donc qu'il ne le savait pas.

Isa m'avait bien dit que Benjamin avait accepté de venir à la soirée avec sa nouvelle copine, mais personne ne s'attendait à ce que sa nouvelle copine soit AURÉLIE !

Quand je vous disais que cette fille était dangereuse !

Nathan m'a donc entraînée par le bras, décidant de l'ignorer et, moi, je me suis alors dit que je m'en fichais, qu'elle ne pouvait plus me nuire.

Ce que je ne comprends pas, c'est comment le si gentil Benjamin a eu envie de sortir avec cette peste. Voulait-il se venger de moi, lui aussi ? Croit-il Aurélie amoureuse de lui ?

Mais le pire est venu quand des jeunes qu'on ne connaissait pas nous ont demandé si c'était bien là, la teuf d'Isa, et se sont carrément incrustés. On ne savait plus quoi faire. La maison était si pleine qu'on ne pouvait même pas danser. Il y avait des gens partout : dans les chambres, les toilettes, la salle de bains. Puis, on ne sait ni comment ni d'où elles sont sorties, mais des bouteilles d'alcool se sont mises à circuler, et ça sentait le shit dans tous les coins.

Au début, je me suis dit que ce n'était pas trop grave. Tout ce qui comptait pour moi, c'était de passer la soirée avec Nathan, danser avec lui, flirter avec lui.

Les autres, je m'en fichais. Après avoir tourné le dos à Aurélie et Benjamin, Nathan m'a prise par la main et m'a entraînée vers le bar. On s'est servi un cocktail... de jus de fruits, en ce qui me concerne. Ouais, je vous rassure tout de suite, je suis sobre. L'alcool, je déteste... Le goût, d'abord, mais surtout l'état dans lequel il plonge ceux qui en abusent. Voir des filles dans un tel état qu'elles en perdent toute pudeur et contenance, ça me débecte. Quant à ceux qui se fichent de moi car je carbure au jus, j'en ai rien à faire.

Et là, même si je n'avais pas bu la moindre goutte d'alcool, ça ne m'empêchait pas de planer !

Mais pas pour longtemps. Il nous a vite fallu revenir sur terre, Nathan et moi, car la fête a été perturbée par une fille qui a eu un gros malaise. Elle était comme dans le coma, allongée sur la moquette.

Isa s'est mise à hurler qu'il fallait appeler les secours. Alors là, quasiment tout le monde a détalé. Nathan a immédiatement pris les choses en main et a prévenu les pompiers, qui sont arrivés très rapidement. Ils ont dit qu'il fallait emmener la fille à l'hôpital et prévenir ses parents, mais personne ne la connaissait vraiment. Moi, je savais juste son prénom et qu'elle était en terminale L dans notre lycée ; les pompiers ont demandé à Isa d'appeler ses propres parents qui passaient la soirée chez des amis. Elle a complètement flippé d'autant que, entre-temps, on avait pris conscience du boxon qui régnait dans la maison. C'était l'horreur ! Alors, pendant que le pompier expliquait au père d'Isa ce qui s'était passé, avec la dizaine de copains qui restait, on a essayé de remettre un peu d'ordre dans l'appart' et, surtout, de faire disparaître toutes les bouteilles. Mais un des pompiers qui nous a vus faire nous a dit que ça ne servait plus à rien, maintenant. Isa s'est mise à pleurer car elle avait promis à ses parents qu'il n'y aurait pas d'alcool. Ce n'était pas sa faute si des gens en avaient apporté à son insu.

Quand les parents d'Isa sont arrivés, on a mis tout le monde dehors. Nathan et Tristan nous ont proposé de rester pour nous disculper aux yeux des parents, mais Isa ne voulait pas.

Heureusement qu'on avait quand même remis un peu d'ordre.

Le père d'Isa était furax, vous pensez bien ! Il hurlait, ne nous laissant même pas en placer une pour nous expliquer.

Il a fallu attendre qu'il se calme.

Quand il nous a demandé comment une telle chose avait pu se produire, alors qu'on leur avait promis qu'il n'y aurait pas d'alcool, on leur a tout dit : les gens qu'on ne connaissait pas qui avaient débarqué, l'alcool, le shit, tout.

Voilà, ils ont fini par comprendre que ce n'était pas notre faute, mais qu'on n'avait pas été assez vigilantes, qu'on n'aurait pas dû les laisser entrer, qu'on aurait dû les appeler tout de suite...

Ils avaient raison, mais on ne pouvait pas imaginer que les choses allaient virer au grabuge. On ne s'est pas assez méfiées, en fait. Isa a reconnu qu'elle avait parlé de sa fête sur FB et c'est sans doute à cause de ça...

Je suis restée dormir chez Isa comme prévu. On était si tristes toutes les deux de ce gâchis qu'on a passé la nuit à pleurer tout en envoyant chacune des sms à nos amoureux respectifs.

Voilà, je viens de rentrer. Le père d'Isa m'a raccompagnée. J'avais peur qu'il ne veuille parler à ma mère, mais elle n'était pas encore à la maison.

Je me suis dit qu'il fallait quand même que je dise à maman ce qui s'était passé, mais j'ai eu peur qu'elle le prenne très mal et m'interdise après de faire une fête à la maison, ce dont j'ai très envie. Alors, finalement, je me suis tue. Après tout, il ne nous était rien arrivé de grave, et le coma de cette fille, c'était son problème à elle, pas le nôtre.

Toute la journée, Nathan m'a envoyé plein de textos.

Il était inquiet au sujet de la réaction des parents d'Isa.

Une chose est sûre, ça nous a servi de leçon. La prochaine fois qu'Isa et moi avons envie de faire une soirée, on sera plus discrètes et plus prudentes, surtout. Je sais bien que, dans les fêtes, tout le monde se biture, que ça fait partie du jeu, mais moi, ce n'est pas du tout mon truc. Je déteste, même ! Et voir cette fille, à moitié déshabillée, allongée dans son vomi, j'ai trouvé ça franchement dégueulasse. Je ne suis pas du genre à donner des leçons de morale, mais quand même, où est le plaisir quand on se retrouve dans un tel état ? La honte, vraiment.

Teuf d'Isa... suite et fin

J'ai fini tôt cet aprèm, la prof d'anglais était absente, elle aura sans doute trop fait la fête, elle aussi, pendant les vacances.

Alors je vais avoir tout le temps pour vous raconter la suite de la soirée d'Isa. Car l'histoire n'est pas finie !

En arrivant au bahut, ce matin, tout le monde était déjà au courant qu'il y avait eu du grabuge !

— Décidément, les nouvelles vont vite ! a râlé Isa. Il ne s'est rien passé, enfin ! Ce n'est pas ma faute si une meuf a décidé de se biturer chez moi et d'en faire un coma. Je ne la connais même pas, cette fille, ce n'est pas moi qui l'ai invitée !

— Tu dis qu'il ne s'est rien passé, a alors ricané Julie, une fille de notre classe qui faisait partie de la cour d'Aurélie, mais ce n'est pas ce qu'on voit sur le film, pourtant. Vous aviez l'air bien chargés, tous !

— Quel film ? avons-nous hurlé ensemble, Isa et moi.

— Vous n'êtes pas au courant ? Aurélie s'est prise pour un grand reporter lors de votre soirée et a mis les images sur son FB. Franchement, ce n'est pas joli, joli.

Aurélie ! On l'avait carrément oubliée, celle-là !

Et même si ni l'une ni l'autre n'avions quoi que ce soit à nous reprocher, on en est restées sans voix.

120

— Elle a la vengeance tenace, cette folle ! a alors hurlé Isa. Jamais elle ne va nous lâcher ?

Quant à moi, je trouvais bizarre de ne pas l'avoir vue nous filmer. Bon, d'accord, j'étais plus intéressée par Nathan, mais quand même !

J'ai entraîné Isa à l'écart et me suis connectée à FB depuis mon nouveau smartphone.

Nous sommes allées sur le profil d'Aurélie. La bouffonne avait en effet filmé toute la soirée : ceux qui buvaient, ceux qui fumaient, la fille dans le coma, et même l'arrivée des pompiers. Mais c'est visiblement à Nathan et moi qu'elle s'était le plus intéressée. À un certain moment, on s'était réfugiés dans la chambre d'Isa et, bon... on flirtait, quoi ! Rien de très anormal, sauf qu'on devait être sacrément concentrés pour ne pas nous apercevoir que cette garce nous filmait. Comme commentaire, elle avait mis : « Je n'ai pris là que les préliminaires, je vous épargne le feu de l'action ! »

Je crois que si je l'avais eue sous la main à cet instant précis, je l'aurais assassinée !

— Telle que je la connais, ai-je dit à Isa alors que Nathan arrivait juste pour la sonnerie, elle va se débrouiller pour que ma mère le voie.

— Quoi ? a demandé Nathan.

Je lui ai tendu mon portable.

— La salope ! s'est-il exclamé. Je crois que je vais finir par la massacrer. Ça ne lui a pas suffi, l'affaire avec les flics ? Je croyais que ça l'avait définitivement calmée. Mais c'est une malade, grave !

Quand ma mère est rentrée à la maison, j'ai tout de suite vu à sa tête que quelque chose clochait.

— Philomène, il faut que nous parlions ce soir, quand Adèle sera couchée, m'a-t-elle lancé d'un ton sec.

Elle était donc au courant. Aurélie et sa mère n'avaient pas perdu de temps.

Sur le coup de 21 heures, ma mère m'a rejointe dans ma chambre.

— Alors, que s'est-il passé exactement à la fête d'Isa ? m'a-t-elle demandé, très calmement, je dois le noter.

Moi, pourtant, je ne suis pas arrivée à garder mon calme.

— Eh bien, les images que t'a envoyées Aurélie ou sa mère parlent d'elles-mêmes, non ?

— Philomène, on peut faire dire n'importe quoi aux images ! C'est pour ça que je voudrais que tu m'expliques ce qui s'est passé à la fête d'Isa.

Alors je lui ai tout raconté et, contrairement à ce que je craignais, elle ne semblait pas vraiment en colère, juste un peu, pour la forme.

La connaissant, ça m'a quand même drôlement étonnée :

— T'es pas fâchée ? lui ai-je demandé.

— Je savais plus ou moins qu'il y avait eu du grabuge, car le père d'Isa m'a appelée hier soir. Il voulait en fait te disculper. Comme je n'étais pas au courant, je lui ai dit que tu dormais quand je suis rentrée et qu'on n'avait pas eu le temps d'en parler. T'aurais pu le faire, quand même ! m'a-t-elle reproché, à juste titre, avant de poursuivre : Mais, ce matin, j'ai reçu le lien FB gracieusement accompagné d'une diatribe de Valérie sur l'éducation des enfants ! Alors là, mon sang n'a fait qu'un tour. Je n'en peux plus de cette fille et de ses leçons de morale ! Je l'ai envoyée sur les roses (C'est son expression, moi j'aurais plutôt dit que je l'ai envoyée ch... Question de génération !) en lui disant de s'occuper de ses oignons et peut-être même de sa propre fille qui est loin d'être un ange !

— Alors tu ne m'en veux pas ?

— Non, mais j'aurais juste préféré que tu m'en parles tout de suite. Je sais que vous n'êtes pas responsables de l'alcool ni du comportement des autres, mais vous auriez tout de même dû être un peu plus prudentes. J'espère que cela vous servira de leçon. Quant à ton copain, même si on ne voit pas très bien son visage, je le trouve plutôt mignon !

J'étais sciée. Était-ce l'amour qui avait transformé ma mère ?

En tout cas, je suis bien contente, finalement, qu'elle soit amoureuse, car c'est tout bénéf' pour moi.

Je lui ai sauté au cou.

— Oh, maman, pardonne-moi ! Je t'aime à la folie ! que je lui ai dit en m'asseyant sur ses genoux et en la renversant sur mon lit.

Logiquement, je devrais énumérer toutes les bonnes raisons que j'ai d'adorer ma maman, mais il y en a beaucoup trop.

J'ai raconté à Nathan la façon dont elle avait réagi à cette histoire et il a trouvé qu'elle avait été chouette, ma mère, sur ce coup-là.

Lui aussi avait tout raconté à son père. Il était si furax qu'il aurait dit à Valérie que si sa fille et elle ne me lâchaient pas les baskets, il finirait par se tirer !

Ensuite, j'ai appelé Isa qui pensait qu'il fallait empêcher Aurélie de nuire une bonne fois pour toutes.

— Le seul moyen serait de l'éliminer ! ai-je déclaré en riant.

Nous avons aussi parlé de l'attitude de Benjamin, avec lequel Tristan s'est violemment disputé après la soirée, lui disant même qu'il ne lui adresserait plus jamais la parole. Comme on est dans la même classe, ça ne va pas être simple, ça non plus !

Dire qu'on pensait être à tout jamais débarrassées d'Aurélie !

En même temps, je n'arrive pas à comprendre ce qui a pu lui arriver, à Benjamin. Aurélie n'est pas son genre, et lui n'est pas le sien ! Je suis sûre qu'elle sort avec lui uniquement pour pouvoir continuer à être au courant de ce qui se passe au lycée. Elle se sert de Benjamin et le jettera, le moment venu, quand elle n'aura plus besoin de lui. On parie ?

Le beau fred

Ça y est ! Nous l'avons enfin vu, le beau Fred de maman.

Fallait bien qu'elle finisse par nous le présenter, quand même !

Adèle et moi en avions vraiment envie.

Il faut dire que depuis que je suis moi-même très amoureuse, je suis beaucoup plus tolérante avec elle, et elle avec moi. Alors entre nous, en ce moment, c'est le beau fixe. Pas la moindre chamaillerie. On se parle, on s'écoute, et c'est vraiment le rêve.

Au début de ce journal, j'étais hyper remontée contre elle. Plus rien à voir !

Pourvu que ça dure !

Elle a donc organisé un dîner, samedi soir.

Elle était dans un de ces états, je vous raconte même pas ! Comme une jeune fille qui irait à son premier rendez-vous ! Elle a passé toute la journée dans la cuisine, mettant les petits plats dans les grands ! Puis, elle s'est faite très belle et nous a demandé à Adèle et moi d'en faire autant.

Elle lui avait dit de venir pour 19 heures. Quand il a sonné à la porte, elle était toute fébrile. Trop mignonne.

Bon, d'accord, je ne m'attendais pas à ce que ce soit un jeune homme, mais je l'ai trouvé un peu vieux quand même. Plus vieux que papa... Maman nous a dit qu'il avait 44 ans, donc à peine deux ans de plus que lui. Mais, en fait, on l'a tout de suite trouvé très sympa et plutôt cool, franchement.

Cela fait longtemps qu'on n'a plus joué aux 7 choses, non ? Alors allons-y !

Les 7 choses qui nous ont plu chez Fred :

1 : Sa classe : ouais, super classe ! Pas de costume cravate mais jean, polo. Propre sur lui, quoi !

2 : Son humour : pas du tout le genre beauf qui lance des vannes à trois balles, mais toujours une petite pointe d'ironie.

3 : Son intelligence : le genre de type qui sait un tas de choses. Pendant tout le dîner, nous étions toutes les trois suspendues à ses lèvres.

4 : Sa prévenance envers maman : bon, d'accord, il est encore dans sa campagne de séduction, mais on n'a pas eu l'impression qu'il faisait semblant.

5 : Sa discrétion : j'ai apprécié qu'à aucun moment il ne nous demande quand il pourrait débarquer avec sa valise chez nous. Il n'y a pas fait la moindre allusion.

6 : Son intérêt : il n'était pas obligé de s'intéresser à Adèle et moi comme il l'a fait, nous posant des questions sur nos études, nos loisirs, nos passions, nos projets.

7 : Le fait qu'il ne nous ait pas bassinées avec ses propres enfants. Pas du tout le genre à sortir les photos et à dire « Moi, mes enfants... » dans chaque phrase.

Bon, je ne suis pas naïve, non plus ! Je sais bien que pour notre première rencontre il aura sans doute voulu nous montrer le meilleur de lui-même. Mais, franchement, ça m'étonnerait fort qu'il cache un côté gros naze. Je l'aurais détecté.

suspect

Je me doute bien aussi que si Fred devenait le compagnon de maman, les choses ne seraient ni simples ni évidentes pour Adèle et moi. D'abord parce qu'on a construit notre petite vie à trois nanas, quatre même, avec Mouchka, sans présence masculine à la maison. Chez nous, c'est une vraie maison de filles, quoi ! Tout y est féminin : les meubles, la déco, le parfum, les couleurs, les discussions… À y bien réfléchir, ce sera sans doute pour lui encore plus difficile d'y trouver sa place. Car il va falloir qu'il participe à notre quotidien, à notre vie avec nos disputes, nos conflits, les petites choses de tous les jours, et qu'il va aussi falloir qu'il trouve son rôle à lui. Et puis, il nous faudra aussi faire connaissance avec ses enfants, et même les accueillir de temps en temps chez nous ! Alors, là, c'est ce qui me paraît le plus compliqué car, déjà, où va-t-on pouvoir les caser ? Notre appartement n'est pas minuscule, nous avons chacune notre chambre, mais pas une de plus. Chez papa, on a une chambre avec Adèle, ce serait donc normal qu'ils en aient une, eux aussi.

Je me pose une foule de questions, comme par exemple : est-ce que ses enfants vont nous détester, Adèle, maman et moi, comme nous détestons Françoise et ses mômes ? Non, bien sûr ! Françoise est tout simplement méchante, ce que n'est pas maman. Je suis sûre qu'elle sera plutôt sympa avec les enfants de Fred. Quant à nous, ben, ça dépendra d'eux…

Bon, en partant, Fred nous a embrassées en nous disant qu'il était ravi d'avoir fait notre connaissance.

Nous aussi, lui a-t-on dit. Maman semblait aux anges.

— Alors, vous l'avez trouvé comment ? nous a-t-elle demandé, la porte à peine refermée.

— 10/10, a répondu Adèle.

— Élève visiblement doué. Mais doit encore faire ses preuves ! ai-je ajouté.

— En tout cas, moi, je suis très fière de mes filles ! nous a-t-elle félicitées.

— Tu ne pensais tout de même pas qu'on allait se conduire mal !

126

— Non, mais il aurait pu ne pas te plaire. Dans ce cas, te connaissant...

— T'inquiète, maman, il est cool, ton Fred. J'espère que ses enfants le sont aussi.

La semaine suivante, chez papa, Adèle n'a pas arrêté de parler de Fred et papa de lui poser des questions à son sujet. Je suis sûre qu'il n'avait même pas envisagé que maman puisse refaire sa vie avec un autre homme !

Pour les vacances de février, maman nous a proposé d'aller passer quelques jours tous ensemble à la montagne, avec Mouchka et Max.

Nous serons donc huit avec les enfants de Fred ! Ça va nous faire tout bizarre.

Je ne sais pas trop quoi en penser. On verra bien. De toute manière, si maman et Fred envisagent de vivre ensemble, il faudra bien qu'on les rencontre, ses gosses. Mais le plus bizarre, sans doute, serait que maman et Fred fassent un bébé ensemble ! Non, ça ne se peut pas... Ils sont trop vieux tous les deux.

Après le départ de Fred, j'ai bien sûr appelé Nathan. Quand je lui ai dit que nous allions partir avec Fred et ses enfants pendant les prochaines vacances, Nathan m'a carrément fait une scène de jalousie ! J'ai halluciné.

— Enfin, Nathan, je ne les connais même pas, ses enfants !

— D'accord, mais le fait que tu passes tes vacances avec un mec de 17 ans ne me fait pas vraiment plaisir, Philol. Tu peux le comprendre, non ?

— Et le fait que tu passais tes vacances avec Aurélie, c'était mieux, peut-être ? Tu n'as aucune raison de t'inquiéter, je t'assure. En plus, c'est un S, alors tu n'as pas la moindre crainte à avoir, tu sais bien que j'y suis allergique.

— Mouais ! a fait Nathan en riant. T'as raison, me voilà complètement rassuré.

Le corbeau

En commençant l'écriture de ce journal, j'étais loin de m'imaginer que j'aurais tellement de choses à vous y raconter !

Finalement, ce n'est pas si banal que cela, une vie de lycéenne !

Bon, d'accord, je n'ai rien écrit depuis plus d'un mois, car je n'avais rien de très intéressant à raconter si ce n'est la routine : les cours, Nathan, les copains, les rires... Rien que de la routine.

Sauf que là...

Aujourd'hui, mercredi, on avait prévu d'aller au ciné, Isa, Tristan, Nathan et moi. On s'était donné rendez-vous au Bel Air, près du lycée.

Isa est passée me prendre, on a déposé Adèle à la danse et, en attendant les garçons, on s'est fait un gros délire de commérages sur notre classe, dans le style : qui aime qui, qui sort avec qui...

Quand Nathan et Tristan sont arrivés, on a tout de suite vu qu'ils tiraient une drôle de tête, tous les deux.

— Vous faites quoi, les filles ? nous a demandé Nathan en m'embrassant.

— On médit !

— Vous êtes au courant pour le blog ? a alors questionné Tristan.

— Quel blog ? nous sommes-nous écriées d'une seule voix.

— Le blog du lycée...

— Celui d'Aurélie, tu veux dire ? ai-je fait, persuadée qu'il ne pouvait s'agir que du sien.

— Non, celui du corbeau, a rectifié Tristan.

— Du corbeau ? Quel corbeau ? C'est quoi, ce délire ? a demandé Isa en riant.

— Ce n'est pas du délire. C'est très sérieux, apparemment, a répondu Tristan.

— Mais allez, raconte ! s'est impatientée Isa.

— Eh bien, quelqu'un a ouvert un blog sur notre lycée dans l'intention d'y balancer des tas d'infos dégueulasses..., nous a expliqué Tristan. Et il a intitulé son blog « Le corbeau du lycée B. de Paris ».

— Mais pourquoi le corbeau ? me suis-je étonnée.

— Un corbeau, nous a expliqué Nathan, c'est quelqu'un qui envoie des lettres anonymes à des gens pour faire du chantage ou pour les menacer. C'est aussi quelqu'un qui colporte des rumeurs, des fausses infos...

— Mais qui a pu faire ce truc ? me suis-je écriée.

— Ça ne peut être qu'Aurélie ! a répondu Isa.

— Mais Aurélie ne fait plus partie de notre lycée, lui ai-je rappelé. En plus, elle a déjà son blog où elle balance des horreurs sans se cacher. Pourquoi en aurait-elle créé un autre ? Et au fait, Tristan, comment tu l'as su ?

— J'ai reçu le lien par FB.

Nathan était d'accord avec moi :

— Philol a raison. Rien ne dit que c'est Aurélie, non plus !

— Il y parle de qui ? me suis-je inquiétée.

— De personne pour l'instant, du moins pas encore, a répondu Tristan.

— Mais, Philol, tu n'as pas ton téléphone, là ? s'est étonnée Isa.

129

En fait, je n'ai pas encore l'habitude d'avoir un téléphone avec Internet dessus !

J'ai aussitôt sorti mon portable et on s'est connectés au fameux blog dont voici un copié-collé :

Le corbeau du lycée

Profil
Oiseau noir de la famille des corvidés,
mais aussi auteur de lettres anonymes…

Pourquoi ce blog ?
Parce que rien de plus mortellement ennuyeux que la vie quotidienne dans notre lycée. Enfin, officiellement, car, en réalité, il s'en passe des choses !

Alors si chacun de nous y apportait un peu de piment, cela mettrait de la couleur dans toute cette grisaille.

Et cette sombre piétaille de profs et d'élèves qui essaient de cacher leur noirceur sera enfin démasquée.

Et puis parce que si dans le passé les ragots n'étaient réservés qu'aux médisantes, aux commères qui espionnaient leurs voisins derrière leurs rideaux, les réservaient à leur coiffeur ou à la bouchère, les temps changent.

Nous avons d'autres outils, d'autres moyens pour faire du mal.

Pour qui ce blog ?
Pour tous.
Alors vas-y !
Défoule-toi !
Lâche tes com's vénéneux !

Et là, on a pu voir un vieil *happy slapping* pris pendant un cours de gym où des mecs d'une autre seconde que la nôtre avaient fait tomber une fille s'appelant Morgane qui s'était retrouvée les quatre fers en l'air et n'arrivait pas à se relever toute seule.

Une parenthèse pour vous parler de Morgane, **alias Bouboule :**
Oui, vous avez tout compris, Morgane est grosse. Enfin, était grosse, à ce moment-là. Mais pas que grosse, en fait. C'est le genre de fille qui ne faisait rien pour plaire. Forte, le teint brouillé, les cheveux gras, mal fagotée, elle faisait pitié. Pourtant, en la regardant de plus près, on voyait bien que Morgane n'était pas laide : de beaux yeux verts, une jolie fossette... Je me disais alors que, si j'étais sa copine, je l'aiderais, c'est sûr, mais je ne lui avais jamais adressé la parole. Malgré tout, Morgane n'était pas non plus la fille complexée qui ne parle à personne. Au contraire, elle avait toujours un tas de monde autour d'elle et donnait l'impression d'être une bonne vivante qui se marre tout le temps. En tout cas, il paraît qu'elle est rudement rigolote et a un sacré sens de l'humour et de l'autodérision. Quand les images de son happy slapping avaient circulé sur le Net, n'importe qui en aurait été accablé et n'aurait plus osé se montrer. Eh bien, pas elle ! Mieux, elle avait ri avec les autres de sa mésaventure et avait donc réussi à étouffer le buzz avant même qu'il n'ait eu le temps de prendre de l'ampleur. Depuis ce jour, je ressens une réelle admiration pour cette fille, car je me dis qu'il faut tout de même avoir un sacré caractère pour réussir un tel tour de force et, finalement, retourner les rieurs contre eux-mêmes. Et là, j'ai franchement eu envie de devenir son amie et de pouvoir l'aider, lui donner des conseils... Mais je ne savais pas comment m'y prendre. J'ai passé l'âge d'aller demander à une fille si elle veut être ma copine, quand même ! En tout cas, j'ai laissé passer l'occasion et quelqu'un d'autre s'en est chargé. Car voilà, depuis la rentrée de janvier, Morgane n'est plus la même. Je ne sais pas ce qui s'est passé... Enfin, si, je le sais maintenant, mais le jour de la rentrée, elle était si méconnaissable qu'un silence s'était carrément fait dans la cour du bahut à son arrivée. Ce n'était plus la même fille, je vous jure ! Elle avait perdu quelques bons kilos, s'était coupé et lissé les cheveux au carré, alors que, avant, ils lui retombaient en sombres paquets huileux sur les yeux. Elle avait le teint net, du blush aux joues et ses yeux verts bien maquillés. Quant aux fringues, je ne vous

dis pas ! Bref, on aurait dit qu'elle était passée par une émission américaine de relooking extrême. J'étais super contente pour elle. Tellement, même, que je n'ai pas pu m'empêcher d'aller le lui dire, que je la trouvais carrément canon. Elle m'a d'abord regardée l'air très surpris puis elle m'a adressé un sourire radieux. Isa et moi, on s'est quand même demandé comment cela lui était arrivé et… on n'a pas tardé à le savoir…

Comment ?

Par FB, évidemment !

Morgane est le genre de fille qui a tellement besoin d'amis qu'elle acceptait sans doute n'importe qui. Alors tout le monde avait accès à son profil, les mauvaises âmes et les mal intentionnés aussi !

Et quelqu'un(e) a donc découvert que Morgane avait un amoureux… virtuel.

Et ce quelqu'un, planqué derrière son pseudo, a inscrit sur le mur :

« Non, mais vous vous rendez compte, des mots d'amour à Bouboule, faut pas être dégoûté, quand même ! »

Alors vous pensez bien que je suis allée y jeter un coup d'œil, au profil de Morgane, et c'est vrai que le moins que l'on puisse dire, c'est qu'elle avait tapé dans l'œil de quelqu'un ! En lisant leurs échanges, je me suis dit qu'il fallait absolument que je dise à Morgane qu'elle devrait être plus discrète quand même, et ne pas laisser tout le monde mettre le nez dans leur histoire. Après tout, cela ne regardait qu'eux deux. Mais je n'ai pas pu m'empêcher de me demander qui était ce garçon qui signait du pseudo un peu lourdingue de Roméo. Était-ce quelqu'un du lycée ? Non, probablement pas, sinon on les aurait vus ensemble. L'avait-elle réellement rencontré, ou n'était-ce encore que virtuel ? Autant de questions auxquelles je désespérais d'obtenir de réponses, vu comme c'est délicat de les poser à quelqu'un avec qui on n'est pas intime.

C'était donc pour ça que Morgane s'était métamorphosée. Elle était simplement amoureuse !

C'est trop beau, l'amour !

Fermeture de la parenthèse Morgane.

Mais, pour en revenir au corbeau, pourquoi avait-il remis ce vieux truc en ligne alors que la victime s'en était elle-même moquée ?

Sans doute parce qu'il n'avait rien d'autre à se mettre sous la dent, ou sous le bec, plutôt ! Allez savoir...

J'ai hâte d'être au lycée demain pour voir comment les gens ont réagi à cette histoire.

Pour connaître la suite de Maître corbeau, ne manquez surtout pas le prochain numéro !

Le blog... suite

Hier, je me suis couchée à pas d'heure et là, alors qu'il n'est pas encore 21 heures, je suis complètement naze. Heureusement que les vacances approchent à grands pas. Plus qu'une semaine, c'est trop cool ! Enfin, oui et non, en fait, car imaginez que cela se passe mal avec les enfants de Fred, que nous nous crêpions le chignon toute la semaine ! La galère...

Mais une promesse est une promesse et voici donc le résumé des événements : le blog du corbeau a rapidement fait le buzz parmi les élèves du lycée. Tristan a pris les choses en main en créant immédiatement sur FB un groupe antiblog du corbeau, où il demande aux gens de ne surtout pas se prêter à ce jeu débile et infâme afin que ce corbeau en soit pour ses plumes (*sic*) ! Tout le monde a l'air d'accord, mais entre ce que les gens disent et ce qu'ils font cachés derrière l'anonymat de leur clavier, il n'y a qu'un pas. Le fait est que très vite les élèves se sont lâchés avec leurs com's et pour l'instant, apparemment, ce n'étaient qu'indignations et condamnations.

— Le plus grand des mépris, c'est le silence, m'a dit Nathan ce matin. Si personne ne réagit, son truc est mort et on n'en parlera plus dans trois jours.

— Mais qui ça peut bien être ? lui ai-je demandé.

— Je ne sais pas du tout, mais je ne pense pas que ce soit Aurélie. Elle a tous les défauts de la Terre, mais elle est plutôt cash. Ce n'est pas le genre à se planquer pour lancer des horreurs au visage des gens. Elle les leur dit en face !

— Tu sais, il y aurait un moyen de s'en assurer, quand même ! a alors avancé Isa.

— Comment ? nous sommes-nous étonnés.

— Eh bien, aller vérifier sur son ordi ! Nathan, ton père et sa mère vivent bien ensemble, non ? Tu as donc forcément accès à sa chambre et son ordi.

— Eh, Isa, tu débloques, là ! Je me vois mal aller fouiller dans ses affaires. Et puis, il faudrait déjà que je sache comment on l'allume, cette bête !

— T'exagères, Nathan ! s'est écrié Tristan. Même si tu n'en as pas chez toi et que ça ne t'intéresse pas, tu sais parfaitement t'en servir. Je t'ai vu au CDI, mon vieux !

Nathan a souri, pris au piège.

— D'accord, je sais, mais ne comptez pas sur moi pour aller chercher des trucs dans son ordi !

— Bon ! a soupiré Isa. Dommage, ça nous aurait peut-être permis de mettre fin à tout ça rapidement.

— Isa, je n'aime pas plus Aurélie que toi, mais, là, je te donne ma main à couper que ce n'est pas elle, le corbeau ! a protesté Nathan. Depuis l'affaire de la soirée d'Isa, je te jure qu'elle s'est calmée. Comme je l'ai dit à Philol, figure-toi que mon père a carrément annoncé à sa mère qu'à la moindre nouvelle attaque de sa fille il prendrait ses cliques, ses claques et la porte ! Je pense que Valérie a réellement flippé cette fois, et qu'elle la tient désormais à l'œil.

— Sauf si Aurélie avait envie de se débarrasser de ton père ! a déclaré Isa en riant.

— Alors là, ça m'étonnerait ! Parce que son école privée, c'est mon père qui la paie !

— Mais qui, alors ? Qui d'autre dans le lycée serait capable d'un tel truc ? ai-je demandé.

— C'est ce qu'il va falloir essayer de découvrir ! a déclaré
Tristan.

Voilà pour les dernières news.

Un petit texto d'amour à mon Nathan et au dodo.

À +++

Le corbeau a bel et bien frappé, cette fois !

Et c'est terrible !

En arrivant au lycée, ce matin, tout le monde ne parlait que de ça.

Comme je n'allume jamais mon ordi avant d'aller en cours, je n'étais pas encore au courant. Isa non plus. Mais on a vite été mises au parfum.

Et qui était la victime, selon vous ?

Morgane, bien sûr ! Mais, là, il ne s'agissait plus de la voir se vautrer en cours de gym, non, pas de photos, cette fois. Mais un truc horrible : rien qu'en l'écrivant j'en ai honte !

Et je m'en veux terriblement de ne pas l'avoir mise en garde.

En fait, son histoire d'amour, son Roméo et tout ça, c'était complètement, bidon ! Le corbeau se vantait d'avoir fait croire à Morgane que quelqu'un était amoureux d'elle et qu'elle l'avait cru ! Pire, elle avait même accepté de se livrer à un strip pour lui devant sa webcam et maintenant les images circulent sur le blog et YouTube...

Mon sang s'est carrément glacé dans mes veines et j'ai cherché Morgane des yeux. Elle était assise sur un banc de la cour, seule, effondrée.

Où donc étaient passés les copains et copines de sa classe qui l'entouraient d'habitude ? Là, autour d'elle, c'était le désert.

— Viens ! ai-je dit à Isa en l'entraînant vers Morgane.

— Mais…, a protesté Isa, on la connaît à peine, cette fille.

— Je ne sais pas, mais on ne peut pas la laisser seule, comme ça. Alors allons au moins la réconforter, ou tout simplement nous montrer avec elle, pas comme tous ces lâches.

Et nous y sommes allées, effectivement.

Isa et moi, on s'est juste assises sur le banc à côté d'elle.

C'est elle qui a parlé :

— Ne vous fatiguez pas, les filles ! Il n'y a rien à dire… Rien à faire. Les photos du cours de gym, fallait bien que je fasse semblant de m'en ficher. Mais là…

— Comment as-tu pu te laisser piéger comme ça ? a demandé Isa.

— Parce que j'y croyais, moi ! Il avait l'air tellement sincère…

Elle a laissé échapper un sanglot, puis elle s'est levée et, prenant son sac, s'est dirigée vers la sortie du lycée.

— Eh, où tu vas ? me suis-je affolée.

— Je me casse ! Trop, c'est trop ! Je n'en peux plus, tu comprends ? Je n'en peux plus de rire, de faire la rigolote, d'être la bouffonne de service, mais celle qu'on n'invite jamais nulle part. C'est comme ça depuis que je suis toute petite et ce sera comme ça toute ma vie. Mais trop, c'est trop ! Je suis grosse ? OK. Est-ce une raison pour m'humilier de cette façon ? Moi, j'y ai cru, à cette histoire… Comment voulez-vous que j'aille en cours maintenant ?

Elle s'est alors plantée au milieu de la cour et a hurlé :

— VOUS ENTENDEZ, BANDE DE NAZES, JE ME CASSE ! JE VOUS TIRE MA RÉVÉRENCE !

Alors que la sonnerie retentissait, la CPE nous a rejointes :

— Que se passe-t-il ? Vous avez un problème, Morgane ?

— Si je n'en avais qu'un, la vie serait belle ! a-t-elle hurlé.

La CPE nous a demandé, à Isa et moi, de rejoindre notre classe. Elle est restée avec Morgane et je n'ai pas su ce qui était arrivé ensuite.

Dans les couloirs et entre les cours, tout le monde ne parlait que d'elle bien sûr, et de ce salopard de corbeau.

Certains en rajoutaient, comme Julie, par exemple, que j'ai entendue dire :

— Elle fait pitié, cette fille, mais je ne vais pas pleurer pour elle, non plus. Elle n'a que ce qu'elle mérite, en fait. Comment a-t-elle pu seulement croire que quelqu'un était tombé amoureux d'elle ? Et se foutre à poil, quelle débile, j'hallucine !

Alors là, j'ai bondi :

— Comment tu peux dire ça ! C'est dégueulasse, ce qu'on lui a fait. C'est trop facile de s'attaquer à des gens faibles, sans défense. Ceux qui font ça sont des ordures, des cafards se cachant derrière les touches de leur clavier. Nous lui avons d'ailleurs conseillé de porter plainte.

— Porter plainte contre qui ? Le corbeau ? s'est moquée Julie.

— Parfaitement, lui ai-je répondu. Figure-toi que la police est capable de retrouver n'importe qui sur le Net.

— Ridicule ! a-t-elle rétorqué en haussant les épaules. Si la police doit rechercher chaque auteur de blog, elle n'a pas fini.

— Chaque auteur de blog, non, mais les salopards, oui !

— Tu sais que c'est interdit par la loi, ce genre de choses ? lui a fait Isa. Ça s'appelle de la cybercriminalité et ses auteurs sont passibles de peines de prison !

— Et qu'il y a même un service spécial pour s'en occuper à la police ! ai-je ajouté.

J'ai eu comme l'impression que tout le monde riait moins, là.

À la pause de 10 heures, Isa et moi, on a cherché Morgane dans la cour mais on ne l'a pas vue. Ni à la cantine, d'ailleurs.

On est alors allées voir la CPE qui nous a dit qu'elle était rentrée chez elle, finalement, car elle ne se sentait pas très bien.

— Comment ça, pas très bien ? a insisté Isa.

— J'ai voulu prévenir ses parents, mais elle a refusé qu'on les dérange au travail. Elle a juste dit que ce n'était pas la peine de les inquiéter. Mais je sais bien qu'il s'est passé quelque chose de grave pour qu'elle soit dans cet état. Il faut me le dire, les filles.

Ni Isa ni moi n'avons osé lui parler du blog.

En arrivant à la maison, je me suis connectée pour envoyer un petit mot à Morgane, mais son compte avait été supprimé ! J'ai regretté de ne pas avoir son numéro de téléphone. Je l'aurais appelée.

Nathan m'a dit qu'il avait trouvé en ligne un article sur la diffamation disant que, selon la loi du 29 juillet 1881, est considérée comme diffamation « toute allégation ou imputation d'un fait qui porte atteinte à l'honneur ou à la considération de la personne ou du corps auquel le fait est imputé » (article 29).

— Je me vois mal aller chez les flics alors que je n'ai même pas osé en parler à la CPE ! lui ai-je confié.

Voilà le résumé des événements de cette sombre journée.

Demain, j'essaierai de joindre Morgane coûte que coûte. Je trouverai son numéro et son adresse... Non ! Je ne connais même pas son nom de famille. Comment faire ? On ne peut pas la laisser comme ça, toute seule, avec ce terrible chagrin. J'essaie de me mettre à sa place et je pense que je serais morte de honte si un tel truc m'arrivait. Dire que je la croyais forte, blindée. Plus forte que les moqueurs. Mais personne ne peut combattre une telle malveillance, de tels malfaisants. Elle essayait de donner le change, bien sûr, prétendant que cela la faisait rire. Mais ce n'était pas vrai ! J'en suis malade pour elle.

Promis, Morgane, je ne te laisserai pas tomber sur ce coup-là !

Un triste samedi

Pour la première fois, je n'ai pas eu la force, hier soir, de vous raconter ma journée.

Je dormais à poings fermés quand maman, hystérique, a fait irruption dans ma chambre :

— Philo, réveille-toi ! Vite ! Je viens d'entendre aux infos qu'une jeune fille de ton lycée a fait une tentative de suicide hier.

— Quoi ? ai-je hurlé. C'est Morgane ?

— Je ne sais pas, ils n'ont pas dit son prénom. Mais comment sais-tu de qui il s'agit ?

J'ai failli me sentir mal.

— Il s'est passé un truc au lycée, je t'expliquerai. Et comment va la fille ?

— Elle est à l'hôpital...

J'ai saisi mon téléphone pour appeler Isa, que j'ai également tirée du lit.

— Morgane a fait une tentative de suicide, apparemment. C'est ma mère qui l'a entendu à la radio.

— Oh, non ! a-t-elle hurlé.

— Si, Isa. Il faut aller à l'hôpital tout de suite.

Ma mère est sortie de ma chambre car le téléphone de la maison sonnait.

Pendant ce temps, Isa m'a dit qu'elle arrivait.

Maman est revenue avec le téléphone, elle était toute pâle.

— C'est le proviseur de ton lycée, m'a-t-elle dit en me tendant le combiné.

— Bonjour, Philomène. Vous êtes au courant pour Morgane, n'est-ce pas ?

— Oui, monsieur.

— Mlle Lambert m'a dit que vous étiez avec elle hier matin, et que Morgane pleurait. Elle m'a dit aussi que personne n'avait voulu lui expliquer ce qui s'était passé. Les parents l'ignorent également. Ils ont juste trouvé leur fille en rentrant le soir chez eux dans un état comateux après une absorption massive de médicaments. Alors, si vous savez quelque chose, il va falloir le dire à la police.

— Je ne pouvais pas deviner qu'elle essaierait de se tuer, ai-je protesté.

— Que s'est-il passé, exactement ?

— C'est à cause du blog qu'un corbeau a créé sur le lycée. Il a mis des trucs sur elle... Hier matin, en arrivant, tout le monde se fichait d'elle. Alors Isa et moi, on a eu pitié et on essayé de la consoler, c'est tout.

Il m'a demandé de lui donner l'adresse du blog et il s'est connecté.

— Je vois... Son père m'a dit qu'elle avait juste laissé un mot qui disait : « Quel est l'imbécile qui a dit que le ridicule ne tuait pas ? » Je comprends maintenant. Mais pourquoi avez-vous refusé d'en parler à votre CPE ? Vous savez que cela pourrait être considéré comme non-assistance à personne en danger ?

— Mais c'est n'importe quoi ! me suis-je insurgée. On était les seules à vouloir l'aider, justement. Tout le lycée se fichait d'elle, sauf nous ! Et comment pouvait-on savoir ce qui allait se passer ? Quand on ne l'a pas vue, on est allées voir la CPE, qui nous a dit qu'elle était rentrée chez elle car elle ne se sentait pas bien ! Et c'est elle-même qui nous a dit que Morgane avait refusé qu'on prévienne ses parents pour ne pas les déranger. Alors c'est trop facile de nous mettre ça sur le dos.

— Personne ne vous accuse, Philomène, calmez-vous, voyons ! Il faudra que vous répétiez tout cela aux policiers qui vont vous rendre visite. Quant au blog, je suppose que vous ignorez qui est le corbeau ?

— Bien sûr qu'on l'ignore ! Mais j'espère vraiment qu'ils vont trouver...

— Nous discuterons de tout cela lundi.

— Monsieur, je pourrais juste avoir le nom de famille de Morgane et son adresse, s'il vous plaît ? J'aimerais aller la voir.

Il a hésité un moment, mais il me les a donnés.

— Alors ? m'a demandé maman lorsque j'ai raccroché tandis qu'Isa sonnait à la porte.

— Tu as entendu ce que je lui ai dit ? C'est exactement comme ça que ça s'est passé, maman.

Quand elle a quitté la pièce, j'ai envoyé un texto à Nathan pour le prévenir.

Isa était toute pâle.

— Tu as des nouvelles ?

— Je viens de raccrocher avec le proviseur, figure-toi. La CPE lui a dit qu'on était les dernières personnes qui étaient avec Morgane, hier.

— C'est ça, ça va être notre faute, maintenant !

— C'est ce que je lui ai répondu. Il paraît que la police va venir nous interroger. Tu l'as dit à tes parents ?

— Non, ils ne sont pas là. Ils travaillent le samedi. Mais je vais tout de suite appeler ma mère, car si elle reçoit un appel des flics me concernant, elle va faire une crise cardiaque.

— Tristan le sait ?

— Oui, je lui ai envoyé un texto en venant chez toi. Il était avec Benjamin, en fait, mais ils étaient déjà au courant.

— Mais comment ça se fait qu'ils étaient ensemble, Benjamin et Tristan ?

— Ils ont décidé de faire la paix, apparemment. Et, au fait, sache que Benjamin ne sort plus avec Aurélie. Il l'a dit à Tristan. Aurélie l'a largué. Et tu sais quoi, il en était vraiment tombé amoureux. C'est pour ça qu'il a appelé Tristan. Ils avaient l'habitude de tout partager et, là, Benjamin était trop mal.

— Bon, on pleurera sur le sort de Benjamin plus tard ! ai-je ricané. Pour l'instant, c'est de Morgane qu'il faut s'occuper.

La police n'a pas tardé, effectivement. Un homme et une femme habillés en civil. Ils étaient contents qu'Isa soit là.

Ils nous ont interrogées séparément. Ils nous ont posé plein de questions. On a dit tout ce qui s'était passé.

La femme nous a ensuite demandé de nous connecter au profil de Morgane. Je leur ai dit qu'il avait été supprimé. Alors elle a voulu voir le blog du corbeau. On est allés dans ma chambre et, là, j'ai senti mon sang se glacer dans mes veines, car mon journal était posé bien en évidence sur ma table de nuit. J'en avais des sueurs froides. Il ne fallait surtout pas qu'ils tombent dessus et le lisent ! D'habitude, la première chose que je fais en me levant, c'est le planquer, mais, ce matin, je n'avais pas eu le temps. Isa a tout de suite compris que quelque chose n'allait pas. Je lui ai montré du regard le journal sur la table de nuit. Elle avait pigé. Tandis que je me connectais au blog pour le montrer aux policiers, elle s'est assise sur mon lit et a discrètement fait glisser le journal dessous.

Ouf, merci, ma chère, très chère Isa !

Quand j'ai voulu me connecter au blog du corbeau, on a constaté qu'il avait aussi été supprimé. C'était donc que le corbeau était déjà au courant de la tentative de suicide de Morgane ! ?

Les policiers voulaient savoir si on soupçonnait quelqu'un du lycée. Je ne leur ai pas parlé d'Aurélie, bien sûr. Je n'ai aucune preuve contre elle. Mais je leur ai demandé s'ils avaient un moyen de le trouver. Ils m'ont répondu que oui.

Le policier nous a alors rassurées concernant Morgane en disant qu'elle s'en sortirait sans doute, mais qu'on ne pouvait pas encore lui rendre visite.

Quand ils sont partis, Isa et moi n'avions plus envie de rien faire.

On a donc décidé de rester chez moi pour bosser.

Et la journée s'est terminée dans un climat pesant.

Je ne sais pas comment je vais trouver le sommeil...

Bon, je vais essayer quand même.

À +++

La police au bahut

Ce matin, en arrivant au lycée, on nous a tous rassemblés dans la grande salle. On se doutait bien que c'était pour nous parler de Morgane. En plus du proviseur, il y avait également les policiers et d'autres personnes que nous ne connaissions pas.

C'est le proviseur qui a pris la parole en premier.

— Je suppose que vous êtes au courant du drame qui frappe une élève de notre établissement et sa famille. Fort heureusement, Morgane est hors de danger désormais, mais de ce geste qui aurait pu lui être fatal, quelqu'un est responsable, voire coupable. Et cette responsabilité, il va lui falloir l'assumer et surtout la payer. Je laisse maintenant la parole à l'officier de police.

Un silence de mort planait sur la salle. On avait l'impression que le proviseur nous scrutait un par un pour essayer de trouver le coupable. Comme si ce mot allait d'un coup de baguette magique s'inscrire sur le front de l'un d'entre nous !

L'officier de police était une « officière » en fait, mais, avec elle, on ne doit pas rigoler tous les jours, me suis-je dit.

Elle nous a d'abord fait un long discours sur les dangers d'Internet, le nombre de victimes et les textes de lois relatifs au harcèlement et aux peines encourues... Et puis, surtout, elle a insisté sur le caractère éminemment (c'est elle qui a utilisé ce mot) pervers de ce qui avait été fait à Morgane.

— S'attaquer de cette manière-là à une personne en position de faiblesse, fragile, complexée, en érigeant un scénario machiavélique, et ce confortablement planqué derrière l'anonymat de son clavier, est particulièrement abject ! nous a-t-elle dit. Et si, pour ma part, j'avais un copain ou une copine qui agissait ainsi, je ne serais pas fière d'avoir de telles fréquentations ! Sachez aussi que si nous découvrons, lors de notre enquête, que des personnes de l'entourage du corbeau étaient au courant et n'ont rien fait, elles pourront être poursuivies pour non-assistance à personne en danger. Dans cette affaire, il y a deux choses, en fait, aussi graves l'une que l'autre : la première étant la création de ce blog, dont le seul but était de nuire et d'inciter les autres à en faire autant, et la seconde est d'avoir endossé une fausse identité pour mystifier sa victime. Ce sont donc deux infractions tout aussi répréhensibles !

Elle a terminé son intervention en nous disant que le coupable serait retrouvé et puni, qu'il n'y avait aucun doute à avoir là-dessus. Aussi, elle a ajouté :

— Si quelqu'un dans cette salle a des éléments à nous communiquer, il faut qu'il le fasse. Car toute rétention volontaire de renseignements susceptibles de faire avancer l'enquête sera également punie.

On était tous très mal à l'aise.

Après l'intervention de la police, on est retournés dans nos classes. Avec M. Bloch on a continué la discut'. La question qui revenait sans cesse, c'était bien sûr de savoir : « Qui est le corbeau ? » Il y en a plusieurs qui ont prononcé le nom d'Aurélie, mais M. Bloch, lui, n'avait pas l'air d'y croire du tout.

— Je connais sa façon d'écrire, son style ! nous a-t-il dit. Et ce n'est pas le sien.

— Surtout, a renchéri Julie, qu'Aurélie ne se gêne pas pour dire les choses en face.

— C'est vrai, a admis Isa, seulement, le but n'était pas de dire du mal de Morgane, mais de faire du mal à Morgane, et là, Aurélie est sans doute la mieux placée.

Personne n'a trouvé que répondre à cet argument massue.

Sauf M. Bloch :

— Vous avez raison sur ce point, Isabelle, mais je vous répète que ce n'est pas son style, ou alors, si c'est réellement elle, elle serait encore bien plus dangereuse que je ne le pensais, car elle aura poussé le raffinement jusqu'à adopter une façon d'écrire qui n'est pas la sienne. Mais j'en doute.

À ce moment-là, et j'en donnerais ma main à couper, Benjamin, qui n'était absolument pas intervenu dans le débat, m'a paru très mal à l'aise. Il semblait vouloir dire quelque chose... Quelque chose qui ne sortait pas. Depuis la fête, Isa et moi sommes fâchées avec lui et on ne lui adresse plus la parole, même si Tristan et lui se sont rabibochés samedi et qu'il aimerait bien qu'on fasse tous la paix. On lui a répondu que nous allions y réfléchir.

Bon, pour l'instant je vous laisse. Isa est connectée et je vais lui en parler.

Ciao !

Des nouvelles de Morgane

Cet aprèm, Isa et moi avons pu aller rendre visite à Morgane. C'est la CPE qui nous a dit qu'elle était rentrée chez elle et qu'elle avait demandé à nous voir. En fait, elle avait précisé qu'elle ne voulait voir que nous du bahut, et personne d'autre.

Après avoir accompagné Adèle à la danse, nous nous sommes donc rendues chez elle. On ne voulait pas venir les mains vides, mais Isa et moi, on n'était pas d'accord sur le choix de ce qu'on allait lui apporter. Moi, j'avais pensé à une boîte de chocolats, bien sûr !

— Trop mauvaise idée ! s'est exclamée Isa. Ce serait comme si tu l'encourageais à grossir.

— N'importe quoi, Isa ! Tu crois que c'est le moment pour elle de penser à son régime ? Elle doit avoir bien d'autres préoccupations. Et, pour le moral, il n'y a pas mieux que le chocolat, figure-toi !

— Alors t'as qu'à lui acheter des chocolats, et moi autre chose.

— Si tu veux. Mais quoi ?

— Euh, je ne sais pas. Des fleurs, peut-être ?

— Pffff, des fleurs ! Franchement, Isa, ça te ferait plaisir, à toi, qu'on t'offre des fleurs alors que tu viens de faire une tentative de suicide ?

On a littéralement explosé de rire toutes les deux et ça nous a fait un bien fou. Cela faisait longtemps que ça ne nous était pas arrivé.

Finalement, Isa a opté pour un livre et nous sommes allées à L'Arbre à lettres. Là, on s'est tapé un nouveau délire, mais je crois que c'était nerveux. En fait, nous angoissions autant l'une que l'autre de revoir Morgane.

Ce qui s'est passé, c'est que ni Isa ni moi ne connaissions ses goûts et qu'il n'était donc pas facile de trouver le bon livre. Mais en entrant dans la librairie, comme par hasard, on est tombées sur toute une table dédiée au suicide des ados, à leur mal-être et tout ça. Dans le style : *J'ai quinze ans et je veux mourir* ou *Suicide, mode d'emploi* !

Quand le libraire nous a proposé de nous aider dans notre choix et que nous lui avons dit qu'on cherchait un livre pour une amie qui avait fait une tentative de suicide, il a semblé surpris.

— Encore ! s'est-il exclamé. Décidément, c'est dans l'air du temps, les suicides chez les jeunes. Vous êtes les deuxièmes aujourd'hui. Mais ce n'est peut-être pas le rayon idéal. Il lui faudrait plutôt quelque chose de drôle, léger. Quel âge a-t-elle ?

— Environ 15 ans, lui avons-nous répondu.

— Venez ! nous a-t-il dit en nous invitant à le suivre.

On est ressorties de la boutique avec un bouquin dont le libraire nous a juré qu'il était à mourir... de rire !

— Enfin, façon de parler, a-t-il précisé en souriant.

En arrivant à proximité de l'adresse que nous avait donnée la CPE, Isa s'est brutalement immobilisée en plein milieu du trottoir.

— Mais je rêve ! s'est-elle écriée. Philol, est-ce que tu vois ce que je vois ?

Suivant son regard, je l'ai vue à mon tour : c'était bien Aurélie sortant de chez Morgane !

— Je ne le crois pas ! ai-je fait tandis qu'elle tournait à l'angle de la rue.

— Non mais quel culot, quand même !

Quand on a sonné à la porte, c'est la maman de Morgane qui est venue nous ouvrir et nous a conduites à sa chambre. Elle était allongée sur son lit, un casque sur les oreilles, les yeux rougis. En nous voyant, elle nous a adressé un triste sourire et a enlevé son casque sans rien dire, et, d'un geste de la main, nous a indiqué deux chaises. Alors que nous déposions sur son bureau les chocolats et le livre, nous y avons remarqué un autre paquet venant de L'Arbre à lettres. C'était donc Aurélie qui l'avait apporté.

Morgane ne disant toujours rien, j'ai fini par lui demander :

— On a croisé Aurélie en bas de chez toi, elle est venue te voir ?

— Ouais, pourtant, je ne l'avais pas invitée. Elle est bien la dernière personne que j'aie envie de voir.

— Tu crois que c'est elle, le corbeau ? a demandé Isa.

Morgane a haussé les épaules et secoué la tête.

— Je ne sais pas, a-t-elle répondu. Aurélie jure que non. Elle m'a dit que pour le *happy slapping*, c'était bien elle et qu'elle s'en excusait, mais que, là, elle n'y était pour rien. Elle m'a dit aussi que, depuis qu'elle a changé de bahut, elle s'éclate vraiment, que les gens sont beaucoup plus sympas et qu'elle n'en a plus rien à faire du nôtre. Ensuite, elle m'a demandé si les flics étaient déjà venus m'interroger. Ils sont venus ce matin, en fait. Je crois qu'elle voulait savoir si je leur avais parlé d'elle. Elle me dégoûte vraiment, cette meuf.

— Et qu'est-ce que tu lui as répondu ?

— Que je n'étais pas une balance ! Que j'avais des principes, moi, que mes parents m'avaient enseigné la notion du bien et du mal depuis que je suis toute petite et que même si dans ma famille on est tous des gros, on a des valeurs qui lui font cruellement défaut à elle !

— Waouhhhh ! nous sommes-nous écriées d'une même voix admirative.

— Après, je lui ai demandé de dégager, a ajouté Morgane, très calmement, en esquissant un léger sourire. Elle a pris ses affaires et elle est partie, mais, en sortant de ma chambre, elle a marmonné un truc dans le style : « Comme tu veux, mais moi, je sais qui est le corbeau ! » C'est ce que j'ai cru entendre, mais je n'en suis pas sûre et certaine.

Isa et moi nous sommes regardées, atterrées. Si les flics venaient l'interroger, elle devrait donc forcément le leur dire. Mais n'allait-elle pas dénoncer quelqu'un d'autre, comme elle l'avait fait avec Nathan ?

Nous sommes restées encore un petit moment avec Morgane. Elle a dit qu'elle reviendrait au lycée après les vacances. Elle nous a aussi remerciées d'être venues et nous a fait promettre de pas s'inquiéter pour elle. Enfin, elle nous a rassurées, disant que ça irait, qu'elle s'en sortirait, qu'elle n'était pas très fière de son geste finalement, vu le chagrin de ses parents...

Maintenant, il n'y a plus qu'à espérer qu'on retrouve vite le corbeau et que justice soit faite.

Le corbeau, suite et fin

Eh bien, ça y est ! On sait qui était le corbeau !
Bon, vous voulez le savoir, vous aussi, je suppose ?

Ce soir, après les cours, alors que j'arrivais chez moi, Isa m'a appelée pour me dire que Tristan voulait qu'on se retrouve au Bel Air.

— Tout de suite ? me suis-je étonnée.

— Oui, il est avec Benjamin.

— Oh, franchement, Isa, ça me gonfle...

— Allez, fais un effort, Philol. Ce serait mieux d'en finir avec cette histoire, non ?

— Bon, d'accord ! ai-je accepté en rebroussant chemin.

Mais, quand je les ai rejoints, Benjamin n'y était pas !

— Ça alors, on vient pour faire la paix avec Benjamin et il n'est même pas là ! me suis-je agacée.

— Assieds-toi, Philol, m'a dit Nathan. Je crois que Tristan a des révélations à nous faire.

C'est là que je me suis rendu compte que Tristan n'avait pas l'air très à l'aise dans ses baskets.

— Voilà, quand Aurélie a annoncé à Benjamin qu'elle voulait rompre, il est devenu comme fou d'être largué... une nouvelle fois ! a soupiré Tristan en me regardant, bien sûr !

— Eh, Tristan, ça va ! me suis-je énervée. Il s'en remettra, Benjamin. Il aurait dû savoir qu'Aurélie le larguerait dès qu'elle n'aurait plus besoin de lui.

— Toi aussi, tu l'as largué quand tu n'as plus eu besoin de lui, je te signale !

Là, pour le coup, il avait marqué un point !

C'est Nathan qui a réagi au quart de tour :

— Eh, c'est dégueulasse, ce que tu viens de dire, Tristan ! Comment peux-tu comparer ? Viens, Philol, on se casse !

Il s'est alors levé et m'a prise par le bras.

Isa aussi s'était levée.

— Nathan a raison, Tristan, c'est dégueulasse ! lui a-t-elle répété en nous suivant, le laissant seul.

Mais il nous a aussitôt rattrapés.

— Philol, Nathan, excusez-moi ! s'est-il écrié. Je suis désolé, d'accord ? En fait, j'avais quelque chose de très grave à vous dire...

— Vas-y ! lui a dit Nathan en s'arrêtant au beau milieu du trottoir tandis qu'Isa et moi poursuivions notre chemin.

— Le corbeau, c'était Benjamin !

Isa et moi nous sommes immobilisées à notre tour.

— Répète ! a dit Nathan comme s'il n'avait pas bien compris ou entendu.

Pour ajouter à la stupeur générale, Tristan a éclaté en sanglots.

Isa s'est alors précipitée vers lui, l'a pris par le bras et nous sommes tous retournés dans le café.

Le téléphone de Nathan a sonné à ce moment-là. J'ai vu à sa tête qu'il était très surpris par l'appel. Il s'est d'ailleurs éloigné pour parler. Quand il nous a rejoints, quelques instants plus tard, Tristan, tête baissée et gorge nouée, nous a raconté toute l'histoire.

— Il savait qu'au début Aurélie ne voulait sortir avec lui que pour pouvoir venir à la fête d'Isa, mais, ensuite, il est tombé amoureux d'elle et s'est dit que peut-être que ça pourrait marcher entre eux. Il y a cru, quoi ! Et elle en a profité. Lui en était tellement dingue qu'il aurait tout fait pour la garder. C'est aussi simple que ça.

— C'est pathétique ! n'ai-je pu m'empêcher de lâcher.

Nathan a opiné de la tête.

— Oui, vraiment. Au fait, c'était elle au téléphone.

— Aurélie ? nous sommes-nous exclamées, Isa et moi.

— Oui, en larmes, figurez-vous ! Elle m'a juré que ce n'était pas elle le corbeau du lycée, que depuis l'affaire de la teuf elle avait promis à sa mère de se tenir à carreau.

— Et tu la crois ?

— Oui, pour une fois, je la crois. D'ailleurs, on en a la preuve, non ?

Moi, que Benjamin ait été le corbeau, je n'arrivais pas à l'admettre.

— Excusez-moi, mais j'ai un peu de mal à la gober, cette histoire ! Benjamin en corbeau, ça ne le fait pas. Je le connais certainement bien moins que toi, Tristan, mais ce plan-là ne colle pas avec lui !

— Pourtant, il me l'a avoué tout à l'heure. Et là, il doit être à la police avec ses parents. S'il a fait ça, c'était pour garder Aurélie. Pour montrer que dans le même genre qu'elle, il savait faire aussi. C'était juste pour l'épater, quoi. En fait, l'idée du blog venait d'elle. Elle lui en avait parlé... Mais c'est lui qui l'a fait. Je suppose qu'elle lui avait dit qu'il n'était pas cap, ou quelque chose dans ce genre... Lui, il prétend qu'il n'avait pas l'intention de s'en servir vraiment, que c'était juste pour rigoler un bon coup. En fait, c'est Aurélie aussi qui lui aurait donné l'idée de faire le truc à Morgane...

— C'est immonde ! me suis-je indignée. Il aurait pu avoir sa mort sur la conscience !

— Quel crétin, ce Benjamin ! C'est lui qui va prendre car jamais il ne pourra rien prouver concernant Aurélie.

— Et qu'est-ce qui va se passer, maintenant ? s'est inquiétée Isa.

— Déjà, il sera exclu du lycée ! a dit Nathan en se levant. Tiens-nous au courant, Tristan. Moi, il faut que je rentre.

— Moi aussi ! leur ai-je dit en me levant à mon tour.

— Bon, à plus, alors, a fait Isa.

— Benjamin, le corbeau ! Je ne peux pas le croire ! En tout cas, je n'aimerais pas être à sa place ! m'a glissé Nathan alors que nous sortions du café.

— Je comprends maintenant pourquoi je l'avais trouvé bizarre, au lycée, quand on discutait de ça, dans la classe, après la réunion. Comme s'il voulait dire quelque chose mais n'y arrivait pas.

En rentrant à la maison, j'ai appelé papa. En tant qu'avocat, il saurait à coup sûr ce que Benjamin risquait.

— Dis donc, tu en as, de drôles d'amis, toi, s'est-il moqué dans un premier temps. D'abord une histoire de shit, maintenant un corbeau...

— Allez, papa, sois sérieux. Je te rappelle que la fille a fait une tentative de suicide, quand même.

— Tu as raison ! Il n'y a pas de quoi rire. Écoute, je ne peux pas te répondre comme ça, car je ne suis pas spécialiste en matière de harcèlement sur Internet. Mais je vais me renseigner et je te rappelle.

En raccrochant, j'ai repris mon journal.

Besoin d'écrire pour y voir plus clair, pour essayer de comprendre.

D'accord, Benjamin était le corbeau, mais c'était tout de même Aurélie l'instigatrice de tout ça. Peut-être n'y aurait-il jamais pensé sans elle. Ce serait trop injuste que Benjamin soit le seul à payer. Je suis sûre qu'elle s'est forcée à pleurer en appelant Nathan pour l'attendrir et jouer l'innocente.

En plus de la haine que j'ai toujours éprouvée pour elle s'ajoutent maintenant le mépris et le dégoût.

L'idée que Morgane aurait pu mettre fin à sa vie pour une telle connerie me fait froid dans le dos. Jamais les gens ne réfléchissent aux conséquences de leurs actes ? Je préfère ne pas savoir comment réagirait Morgane en découvrant cette pitoyable vérité. Doit-on la lui dire ou au contraire la lui taire ? Pas si simple, en fait ! Car, en toute logique, quand ses parents sauront qui était le corbeau, ce que la police ne devrait pas manquer de leur dévoiler, ils voudront forcément connaître ses raisons. Pauvre Morgane ! Le secret sera impossible à tenir, en fait. Tout le monde va finir par le savoir, que c'était Benjamin...

Ah, mon téléphone... C'est papa. Je reviens.

Je ne le crois pas, ça !

Voici ce que papa vient de me dire :

— Il n'existe pas pour le moment d'infraction pour « harcèlement virtuel ». Les conséquences de ces pratiques peuvent constituer des infractions pénales telles que la diffamation, l'insulte, l'escroquerie ou la collecte illicite d'informations. C'est à ce titre que le « harceleur » pourra être sanctionné pénalement par un tribunal.

— Tu veux dire qu'il n'y a pas de lois contre les gens qui font ça ?

— Non, pas spécifiquement, disons. Pour l'instant, ces pratiques sont assimilées à de la diffamation et les contrevenants n'encourent guère plus qu'un an de prison et une forte amende, conformément à l'article 222-33-2 du code pénal. Il peut aussi être condamné à indemniser la victime pour le préjudice moral subi. Mais les choses bougent. Une législation européenne devrait bientôt se mettre en place. Le cyber-harcèlement est un phénomène relativement récent, et il n'y a pas plus lent que la justice !

— Mais connais-tu des cas, ou as-tu entendu parler de jeunes qui avaient été condamnés ?

— Non, jamais. Mais si ton ami a besoin d'aide, je suis là.

— Ce n'est pas mon ami, papa ! Enfin, il l'a été, c'est vrai, mais je ne le considère plus du tout comme tel.

— D'accord, mais sache quand même que je pourrais éventuellement l'aider.

— Je pense que c'est la victime qui mériterait d'être aidée. Mais là, je ne vois pas ce qu'on pourrait faire pour elle, la pauvre !

J'ignore ce qui va se passer dans les prochains jours, mais j'aimerais bien que cette histoire se termine vite. Je voudrais une fois pour toutes être débarrassée d'Aurélie qui me pourrit la vie depuis toujours !

Quant à Benjamin, je ne pense pas pouvoir lui pardonner son attitude.

La suite quand j'aurai des news.

Retour de vacances de février

Oui, je sais, ça fait une paie que je n'ai plus écrit. Ce n'est pas faute de choses à raconter, mais j'ai été bien trop occupée ces dernières semaines. J'avais pourtant pris mon journal avec moi en vacances, mais je n'ai pas eu une seconde à moi.

Alors reprenons depuis le début :

Benjamin n'est pas revenu au lycée.

Isa, Tristan, Nathan et moi avions décidé de ne rien dire à personne concernant le corbeau. Dans la classe, en dehors de Tristan, personne n'était très proche de lui, et les gens ne se sont pas particulièrement inquiétés de son absence. Nous avons su par Tristan que le fait qu'il soit allé de lui-même à la police serait pris en compte, mais il n'en savait pas beaucoup plus.

Puis les vacances sont arrivées, et j'ai eu d'autres chats à fouetter.

Adèle et moi étions drôlement inquiètes, tout de même. C'était la première fois que ça nous arrivait de partir en vacances non seulement avec Fred, bien sûr, mais en plus avec des enfants que nous ne connaissions pas. Maman aussi était très stressée. Alors, la veille du départ, tout le monde était sur les nerfs. Il avait été décidé que chacun partirait de son côté et qu'on se retrouverait au chalet où Mouchka et Max, qui nous avaient précédés de quelques jours, nous attendaient.

Le jour J, on s'est donc levées aux aurores pour prendre le train à la gare de Lyon. Fred et ses enfants y allaient en voiture et devaient arriver après nous. Mouchka et Max étaient venus nous attendre à la descente du train. Au chalet, Adèle et moi dormions dans la même chambre, maman avait la sienne et Mouchka dormait avec Max, bien sûr ! Il y avait aussi une chambre d'amis.

— J'ai prévu de mettre la fille de Fred avec vous deux dans la chambre, nous a dit Mouchka en cours de route. Et son fils logera dans la chambre d'amis.

— Et Fred, a demandé, Adèle, il va dormir avec son fils ?

Maman est devenue toute rouge.

— Mais non, patate, me suis-je écriée, il va dormir avec maman !

En arrivant au chalet, Adèle et moi avons pris possession de notre chambre. Mouchka y avait ajouté un lit pliant à l'intention de Chloé. Elle nous avait demandé de laisser libre un des tiroirs de la commode.

Fred et ses enfants sont arrivés en fin d'après-midi. Pendant les présentations, on était tous rudement mal à l'aise. Sauf Adèle qui a tout de suite pris Chloé par la main pour l'emmener dans notre chambre. Elles ont pratiquement le même âge, toutes les deux, et ça a immédiatement bien marché entre elles. Il faut dire que Chloé est vraiment très gentille et ce serait difficile de ne pas l'aimer. Ce qui est chouette, c'est qu'avec maman aussi ça marche super bien, pas comme entre Françoise et nous ! Si nous avons donc adopté Chloé, on ne peut pas en dire autant de son frère Julien. Un S dans toute sa splendeur, laideur !

Plutôt grand, maigre, les cheveux hérissés au gel. Le moins que l'on puisse dire, c'est que Julien n'est pas du genre bavard. À peine arrivé, il a demandé où était sa piaule et s'y est enfermé jusqu'au dîner. J'ai aussitôt appelé Nathan pour le rassurer : il n'y avait pas de concurrence dans l'air.

Le lendemain matin, quand je me suis levée vers 11 heures (eh, j'étais en vacances, quand même !), tout le monde était déjà parti. Enfin, non, pas tout le monde car, en arrivant dans la cuisine, je me suis rendu compte qu'il y avait deux couverts dressés. J'ai bien sûr compris qu'il ne pouvait s'agir que de Julien qui, pour sa part, n'avait pas encore émergé. Je venais de commencer à manger mes céréales quand j'ai entendu la porte de sa chambre s'ouvrir. Ça m'embêtait franchement de prendre mon petit déj avec lui en tête à tête, mais je n'avais pas le choix.

Après avoir grommelé un truc qui devait être un bonjour, il s'est installé à table. J'ai continué comme si de rien n'était, terminant mes céréales, puis chauffant ma tasse de chocolat au micro-ondes... Julien attendait toujours, avachi sur sa chaise, son casque de musique sur les oreilles, me regardant d'un air hébété.

Il est complètement allumé ce mec, ai-je pensé.

Alors que je débarrassais ma tasse en me demandant ce que j'allais faire de ma journée, Monseigneur Julien s'est enfin décidé à ouvrir la bouche :

— Eh, tu peux me servir, s'il te plaît ?

— Te servir ? Non, mais ça va pas la tête ? Je ne suis pas ta bonniche. Tu ne peux pas te servir tout seul ?

— Ben non, je ne suis pas chez moi, ici, je ne sais pas où se trouvent les choses.

Il n'avait pas tout à fait tort, mais bon...

— Écoute, tout est sur la table, tu prends ce que tu veux.

Et je l'ai laissé se débrouiller.

Non mais !

Je suis remontée dans ma chambre pour me préparer et quand je suis redescendue tout était en ordre.

Eh bien voilà, il s'est débrouillé comme un grand ! me suis-je dit.

Alors que je m'apprêtais à sortir, pensant aller un peu à la patinoire, car, le ski, c'est pas vraiment mon truc, Julien m'a rejointe.

— Je peux venir avec toi ? m'a-t-il demandé.

Le boulet ! me suis-je dit.

— Tu ne préfères pas aller faire du ski ?

— Ben si. Tu n'en fais pas, toi ?

— Non, je vais à la patinoire.

— OK, va pour la patinoire ! J'irai au ski cet aprèm avec mon père.

Rassurée de voir qu'il n'avait pas l'intention de passer ses journées accroché à mon anorak, j'ai décidé de me montrer bonne fille.

Finalement, tout en n'étant pas bavard, Julien s'est révélé plutôt sympa et m'a bien fait rire. En fait, il n'avait jamais fait de patin de sa vie et n'arrêtait pas de se vautrer. Il avait l'air d'une sorte d'insecte qui, tombé côté carapace, agite désespérément ses membres. Bref, la glace était rompue... Au figuré, bien sûr.

J'étais trop déçue que la Saint-Valentin tombe pendant les vacances ! D'accord, Nathan m'a bombardée de textos d'amour, mais c'était pas pareil, quand même. J'aurais adoré qu'on puisse aller dans un resto, manger à la lueur des bougies en se tenant la main. Là, c'était plutôt raté.

Sinon, elles étaient plutôt chouettes, ces vacances. Tout le monde s'est parfaitement entendu, et Fred, Julien et Chloé ont été adoptés par tous. Julien a même réussi à me faire changer un tout petit peu d'avis sur les S. Enfin, il est sans doute l'exception qui confirme la règle.

Le fait est que la semaine est passée très vite, mais j'étais tout de même contente de rentrer. Nathan étant parti avec sa mère et Tristan ayant trouvé un job pour les vacances, on s'est retrouvées Isa et moi en tête à tête, presque comme avant. Enfin, pas tout à fait car, du coup, on a passé du temps avec Morgane, qui est devenue une vraie amie.

Finalement, elle ne reviendra pas au lycée. Ses parents ont estimé qu'il valait mieux qu'elle change d'établissement. La police leur a dit qu'ils avaient identifié le corbeau, mais sans leur donner de nom. Isa et moi, on s'est bien gardées de le lui révéler. On ne sait rien de ce qui est advenu de Benjamin. Mais ça m'étonnerait qu'il revienne au lycée, lui aussi.

Heureusement que Morgane semble remise de toute cette histoire. Il faut dire qu'on l'a sérieusement briefée et coachée, Isa et moi. On s'est même offert une journée de total relooking et gros délire.

Hier, tout le monde est revenu de vacances. On a fêté nos retrouvailles, Nathan et moi, en allant au ciné et McDo. Il voulait tout savoir sur Julien. J'adore quand il est jaloux !

Demain, c'est la rentrée. En espérant que le prochain trimestre sera un peu plus calme.

Plus que six semaines avant les prochaines vacances !

Tout est si normal
que je m'ennuie presque

Comme Benjamin n'est pas revenu au lycée et que Morgane a changé de bahut, personne ne parle plus du corbeau. C'est dingue, on dirait que cette histoire n'a jamais existé.

Les cours ont repris depuis une bonne semaine et on croule sous le boulot, les contrôles, les devoirs...

Je me suis rendu compte que je lisais moins ces temps-ci, alors j'ai fait le plein de romans au CDI et à la médiathèque. J'ai décidé de lire au moins un bouquin par semaine, comme ça, j'en lirai 52 par an. Pour quelqu'un qui veut faire L, c'est la moindre des choses.

Eh, mais si on jouait aux 7 choses ?

7 bonnes raisons de lire :

1 : Pour élargir sa culture générale.

2 : Pour améliorer son orthographe.

3 : Pour augmenter son vocabulaire.

4 : Pour passer un agréable moment.

5 : Pour développer sa concentration.

6 : Pour faire travailler son cerveau car, en lisant, on est actif et non passif comme devant la télé.

7 : Lire réduit le temps passé à surfer bêtement sur le Net !

Mais non, je me la joue pas première de la classe ! Mais, à 15 ans, faut bien penser à son avenir et à ce qu'on veut faire de sa vie, non ?

Eh bien, moi, j'y pense, figurez-vous !

Et vous feriez bien d'en faire autant, conseil d'amie.

Parenthèse Julien :

Quand je dis que tout est si normal, ce n'est pas tout à fait vrai. Il y a quand même un petit problème, un truc dont j'ai envie de parler, même si je n'en suis pas trop sûre. Et ce problème, en fait, c'est Julien. Oui, vous savez, Julien, le fils de Fred. C'est vrai que ce n'est pas du tout mon style de mec et même si j'ai fini par le trouver très sympa, je n'ai pas le moins du monde flashé sur lui. Lui, si !

Pendant les vacances, je n'y avais pas vraiment fait attention car on était toujours tous ensemble. La famille quasiment idéale : des parents amoureux, des frères et sœurs qui s'adorent, des grands-parents cool… Le bonheur, quoi, avec un grand B. Mais quand on est rentrés à Paris, Julien m'a dit qu'il aimerait bien qu'on se revoie. Faisant semblant de ne pas comprendre où il voulait en venir, j'ai joué l'idiote, chose que je fais très bien quand je veux. Je lui ai répondu qu'on se reverrait forcément puisque maman et Fred parlaient de s'installer ensemble, et je lui ai fait deux gros bisous sur les joues en lui lançant : « À plus, alors ? »

D'abord, il m'a demandé mon numéro de portable et aussitôt bombardée de textos. Ensuite, il a voulu qu'on soit amis sur FB, ce que j'ai accepté, bien sûr. Je n'allais pas lui dire non ! Et depuis, mon mur dégouline de ses messages. Heureusement que Nathan n'y est pas, car il le provoquerait en duel s'il les lisait. Tout cela commence à me gaver. Je lui ai dit que j'avais un copain dont j'étais très amoureuse, mais il ne me lâche pas pour autant et je ne sais pas quoi faire. Julien, je l'aime bien comme un grand frère, et je ne voudrais pas qu'il y ait d'embrouilles. Alors il faut que je réfléchisse à un moyen de lui mettre une fois pour toutes les points sur les i sans qu'il se vexe.

Cette parenthèse refermée, il va falloir que je vous laisse pour aller bouquiner.

Réflexions...

Il y a longtemps que je n'ai pas tenu de chroniques.
Parler des blogs me démange de nouveau.
Rouvrons donc le sujet.
Quand je surfe sur les blogs des filles de mon âge, j'hallucine devant le niveau de la plupart d'entre elles.
Parfois, j'en ai carrément honte !
D'accord, le langage texto, c'est pratique, facile, rapide, mais... trop moche.
Et puis j'ai l'impression que c'est vraiment un truc à vous réduire le cerveau, car, à force d'écrire comme ça, on en oublie comment écrire normalement.
Exemple :
« Koukou a tt l'monde, personnes détestés ou aimés. G 15 ans ba voila... Dem1 c les vac pr moi ! et je pare pendent 2 semaines ! donc c a dire 2 semaines sans ordi ! jvai pas tenir ! »
Autre exemple :
« Me voici, comme tous, rendu a ouvrir 1 blog ! pk jen c rien, la curiosité sûremt ! Mé ofet jme suis mem pas présenté, Laura, gfété mes 18 ané ya pe. »
Et dire que cette Laura a 18 ans !

Franchement, je ne comprends pas. Elles ont quoi à la place du cerveau, ces filles ? À quoi ça sert d'écrire de cette manière ? Je trouve ça d'un débile !

Ce qui me fait hurler aussi, c'est les filles qui mettent leurs photos et qui demandent : « Vous en pensez quoi ? »

Après elles s'étonnent quand on leur lâche des com's pas très flatteurs ou quand de vieux pervers leur demandent d'en montrer un peu plus !

Et celles qui affirment que leur blog n'a aucun intérêt, que leurs articles sont nullissimes ou qu'ils ne servent à rien ! On ne le leur fait pas dire !

Et puis celles qui annoncent qu'elles arrêtent leur blog pour que les gens lâchent des com's de supplications : « Non, n'arrête pas, ce sera trop dur ! »

D'ailleurs, je ne vais pratiquement plus sur mon blog car je me suis rendu compte, moi aussi, qu'il ne servait à rien. Je préfère FB et tchatter en direct. Tout ce que j'ai à raconter, je le fais désormais ici, dans ce journal, qui a fini par devenir indispensable. En plus, j'arrive presque à la fin, il va falloir que je m'en rachète un autre.

En fait, à part les blogs spécialisés de nanas passionnées par la mode, le dessin, la musique, le cinéma, je ne suis jamais tombée sur un blog d'ado vraiment intéressant. La plupart du temps, c'est du grand n'importe-quoi !

Et à toutes celles qui se targuent de tenir un blog, je ne peux que répéter d'apprendre par cœur :

Les 7 commandements du blogueur :

1 : Je m'occuperai régulièrement de mon blog.

2 : Je le rendrai encore plus agréable à visiter.

3 : Je ne polluerai pas mes commentaires avec de la pub.

4 : J'utiliserai de jolies images pour illustrer mon blog.

5 : J'essaierai d'être original(e) et intéressant(e).
6 : Je m'efforcerai d'être lisible.
7 : Je parlerai de ma vie, de mes passions, en respectant les autres.

Isa est du même avis que moi alors que, pendant longtemps, elle était à fond dedans. Depuis ses 12 ans, elle rédige pratiquement tous les jours un billet... Elle a même eu, pendant un certain temps, trois blogs différents. En tchattant avec elle cette semaine, elle m'a dit qu'elle avait arrêté et supprimé tous ses comptes car elle avait trop honte en les relisant.

Peut-être que c'est tout simplement parce qu'on grandit...

Mea culpa !

Oui, je sais, j'avais dit que j'essaierais d'écrire quelques lignes par semaine et là ça en fait déjà trois sans le moindre mot.

Mais que voulez-vous que je vous raconte alors qu'il ne se passe plus rien d'autre que cette **horrible routine** métro-bahut-dodo ? Parler pour ne rien dire, ou plutôt écrire des choses sans intérêt, à quoi bon ?

Je dis « horrible routine », mais, en fait, jamais je ne me suis sentie aussi bien et c'est peut-être ça, le bonheur, justement, la routine.

La routine, mais avec plein de petits moments de douceur, de rire, de bien-être.

Et peut-être que le bonheur n'est pas source d'inspiration, en fait.

Écrire juste pour dire : « Je vais bien, tout va bien » ?

Les 7 bonheurs de ma vie :

1 : Dans ma vie, maintenant, il y a une maman heureuse, rayonnante, cool, qui roucoule des heures au téléphone avec son Fred.

2 : Une petite sœur Adèle qui grandit. Avec maman, samedi, on est allées lui acheter ses premiers soutiens-gorge. Qu'est-ce qu'elle était fière, notre Adèle !

3 : Une Mouchka et un Max qui passent leur vie à faire de grands voyages et dont on a des nouvelles par des cartes postales du bout du monde.

4 : Un Nathan amoureux qui me rassure.

5 : Une Isa meilleure cop' infaillible.

6 : De bons résultats au lycée.

7 : Et bientôt, peut-être, une nouvelle vie de famille... Il y a des projets dans l'air, en tout cas !

snatches of conversation

Oui, maman et Fred ont des projets...

D'après les <u>bribes de conversation</u> que j'ai pu voler çà et là, ils parlent de vivre ensemble, ce qui implique de changer d'appartement. Et c'est là que ça coince un peu. J'adore notre appart', et déménager me fait un peu peur. Mais il faut que je sois réaliste et raisonnable. Si Fred et maman décident de vivre ensemble, il faut prévoir suffisamment de place pour tout le monde.

En même temps, habiter dans une grande maison, ce serait vraiment chouette. Bon, il ne faut pas trop rêver : les grands appart' à Paris sont hors de prix et partir en banlieue, personne n'en a envie.

Mais il y a peut-être une possibilité, en fait, à laquelle je n'avais pas pensé et qui, si elle pouvait se réaliser, serait trop trop chouette.

À vrai dire, je ne pense plus qu'à ça.

Je vous explique :

Quand papa et maman avaient acheté notre appart', il y avait aussi une chambre de bonne qui servait de débarras. Pendant la deuxième semaine des vacances, maman m'a demandé si ça ne m'embêterait pas de monter avec elle y faire un peu de tri et de rangement. C'était la première fois que j'y mettais les pieds, et c'est là que l'idée a jailli : et si ça devenait ma chambre ? Je m'y voyais déjà, tout refait, repeint, avec même une petite salle de bains. Mais je me

172

suis d'emblée calmée. Jamais ma mère ne voudrait ! Pourtant, en la regardant examiner les lieux, je me suis dit qu'elle avait peut-être envisagé cette possibilité... Et quand elle m'a demandé : « Comment tu trouves cette pièce, Philo ? », j'en suis restée le souffle coupé.

Attention, ma fille, ai-je-pensé, réfléchis bien avant de parler, ne va pas tout gâcher...

— Euh, oui, sympa... Mais pourquoi tu me demandes ça ?

— Non, pour rien... Je pensais vider la pièce et la refaire entièrement.

— Pourquoi ?

— Parce que j'ai pensé qu'elle pourrait servir de chambre à Julien quand il viendrait ! a-t-elle alors lâché. Chloé pourrait dormir avec Adèle et...

GRRRR...

C'était donc ça...

Bon, jette-toi à l'eau, ma fille ! me suis-je dit. C'est le moment ou jamais.

— Maman, j'aimerais bien l'avoir, moi, cette chambre, ai-je dit d'une petite voix suppliante.

Contre toute attente maman n'a explosé ni de colère ni de rire.

— J'y ai pensé, figure-toi, m'a-t-elle répondu, mais l'idée ne m'emballe pas vraiment. Tu n'as que 15 ans...

— Et demi..., ai-je précisé.

— D'accord, mais tu es un peu trop jeune pour te retrouver seule ici. En plus, quand j'en ai parlé à Fred, il était très embarrassé, il s'est dit que c'était comme si on te chassait de ta propre maison...

— Mais pas du tout, maman ! Je serais trop bien ici... S'il te plaît.

— Je ne sais pas, Philo, il faut y réfléchir, vraiment, calmement, en pesant le pour et le contre. Pour Julien, ce serait parfait, car il est plus âgé et c'est un garçon. Te savoir ici toute seule la nuit m'empêcherait de dormir. Alors ne nous emballons pas, d'accord ?

Voilà où nous en sommes. J'ai bien peur que l'affaire ne tombe à l'eau et que Julien récupère cette chambre. Mais je me dis que ce n'est peut-être pas si grave et que je pourrai l'avoir pour moi plus tard, l'aménager à ma façon quand je serai étudiante.

Au bahut, M. Bloch répète sans cesse que nous sommes nuls en argumentation.

Alors voici comment j'argumenterais devant maman si je voulais la convaincre pour la chambre de bonne :

1 : Ça me rendrait indépendante.
2 : Je pourrais aller et venir sans rendre de compte à personne.
3 : Je pourrais inviter qui je veux.
4 : Je pourrais laisser ma lumière toute la nuit sans rappel à l'ordre.
5 : Je pourrais faire la grâce mat' pendant les vacances sans être réveillée par les bruits de la maison.
6 : J'aurais l'impression d'avoir un vrai chez-moi.
7 : Je me sentirais autonome et responsable.

Euh, il a raison, M. Bloch. Avec une telle argumentation, je suis grillée direct !

Concernant Julien, à force de faire carburer mes méninges, j'ai fini par trouver une idée que je trouvais excellente. Je lui ai proposé que l'on se retrouve un mercredi après-midi avec mes copains que je voulais lui présenter.

Ainsi, il ne pourrait pas me reprocher de vouloir l'écarter et, par la même occasion, réaliserait qu'on est quand même un peu trop jeunes pour lui. Deux ans, ça compte, non ?

174

En fait, ce n'est pas du tout ce qui s'est passé.

Je vous explique :

Morgane fait désormais partie de notre bande, mais est seule, et ce n'est drôle ni pour elle ni pour nous. Quand j'ai invité Julien, je n'avais pas l'intention de jouer la marieuse, non plus. Mais quand il a bien capté que mon mec à moi c'était Nathan, il s'est intéressé à Morgane. On est allés au cinéma, et puis prendre un pot au Bel Air.

Le lendemain, Morgane m'a téléphoné pour me demander si elle pouvait avoir confiance en Julien. Et là, elle m'a dit qu'il l'avait appelée car il aimerait bien la revoir. Avec ce qui s'était passé, elle se méfiait, bien sûr. Je lui ai dit que Julien était quelqu'un de bien, que j'avais passé une semaine avec lui et que jamais, à mon avis, il ne se comporterait mal avec elle. Et voilà, ils n'ont pas tardé à sortir ensemble et j'en suis super contente.

Et Aurélie, dans tout ça ?

Plus de nouvelles, et c'est tant mieux !!!!

Quant à Benjamin, il a disparu de la circulation. Tristan a appris qu'il était parti en internat, mais n'a pas réussi à savoir comment l'affaire du corbeau s'était terminée pour lui, ce qui nous a laissé à tous une impression désagréable.

Les vacances de printemps approchent à grands pas.

Vacances, pas vraiment, car j'ai réussi, grâce à maman, à décrocher un stage dans un magazine. Ce n'est pas *Télérama*, mais un magazine plutôt à destination du 4e âge. Pas grave ! Il y a un début à tout. Je vais commencer par les seniors, et terminerai comme présentatrice du JT ! J'espère juste que mon boulot ne consistera pas qu'à faire des photocopies et apporter le café. Si c'était le cas, je pourrai dire plus tard que j'aurai vraiment commencé au bas de l'échelle et me serai hissée au sommet toute seule par la seule force de mon immense ambition.

C'est bientôt l'anniv' de Nathan. Je me creuse la tête pour savoir quoi lui offrir.

Je sais qu'il a demandé à son père un ordi. Je suis trop contente d'avoir réussi à le convertir aux bienfaits des nouvelles technologies.

En tout cas, je pense que je l'inviterai au resto pour remplacer le fameux dîner raté de la Saint-Valentin.

Voilà, c'est tout pour le moment.

Ah non, il faut que je vous parle aussi du temps... De la météo, si vous préférez.

Non pas que je sois une spécialiste, mais le temps est complètement ouf. Imaginez-vous que nous ne sommes pas encore à la mi-mars et qu'il fait un temps de dingue. Quand j'étais petite, j'avais appris une poésie de Théophile Gautier, je ne me souviens que du début. C'était :

> Tandis qu'à leurs œuvres perverses
> Les hommes courent haletants,
> Mars qui rit, malgré les averses,
> Prépare en secret le printemps.

Eh bien là, pas d'averses, ni de frimas, ni de giboulées.

C'est du grand beau temps. Préparons tongs et crème solaire, l'été ne va pas tarder. Il est là, tout proche et, pour aller en cours, ce n'est pas top.

Pour quelqu'un qui n'avait rien à raconter, je me rends compte que j'ai tout de même réussi à noircir encore quatre pages !

Quelle bavarde, mais quelle bavarde !

Mon père (ex ?)

Gros clash avec papa.
Ça fait longtemps que je ne vous ai pas parlé de lui.
Mais là, c'est la cata !
Résumé des faits :
Si Adèle continue à passer un week-end sur deux chez lui, moi, j'essaie d'y aller le moins souvent possible, prétextant trop de boulot au lycée et l'impossibilité de travailler chez lui à cause du vacarme que font ses gosses.

Papa n'est pas dupe, je le sais, mais il ne dit rien. Je me demande même si ça ne l'arrange pas, évitant ainsi des discussions avec Françoise.

Mais là, ce week-end, j'y suis allée, et j'aurais mieux fait de m'abstenir !

Mes parents ne s'appellent que très rarement et uniquement lorsqu'ils doivent prendre une décision nous concernant. Alors que maman aura passé tout ce temps à s'occuper de nous, papa ne l'aura fait que matériellement, en fait. Il a toujours payé à maman une pension alimentaire, mais c'est elle qui nous a élevées, c'est elle qui a pris soin de nous, consolant nos chagrins, soignant nos bobos, nous veillant quand nous étions malades. Tandis que lui, il a vraiment refait sa vie. Une vie dont on ne fait plus vraiment partie, Adèle et moi, malgré ses promesses. Et ce n'est pas ces quelques week-ends et vacances qui y ont changé quelque chose. Sa famille à lui, c'est Françoise et leurs fils. Nous, on n'est que des accessoires. Et encore, parfois j'ai l'impression qu'il doit se justifier de vouloir faire des choses avec nous, comme si ce n'était pas normal ou naturel. Quand il nous file de l'argent, ce n'est jamais devant sa femme.

Alors je ne me suis pas gênée pour leur raconter nos vacances à la montagne dans le détail, insistant bien sur la merveilleuse famille qu'on allait former avec Fred et ses enfants.

Ce qui m'a écœurée, d'où le clash, c'est que, lorsque je lui ai dit, devant Françoise, que maman allait sans doute s'installer avec Fred, la seule chose que cette bonne femme ait trouvé à dire c'est :

— Tu vas enfin pouvoir arrêter de lui payer sa pension !

Grosse stupeur de ma part !

Papa aussi s'est tu, se contentant de me lancer un regard désolé.

Et là, ça a été plus fort que moi, j'ai explosé.

— Non mais, Françoise, de quoi je me mêle ? Ce n'est pas pour maman que papa verse une pension alimentaire, mais pour nous, ses filles. Car même si tu crèves d'envie qu'il nous raie de sa vie, on restera toujours ses filles ! Et je n'ai pas dit que maman se mariait, mais juste qu'elle s'installait avec Fred, ce qui ne change rien à la pension alimentaire, figure-toi !

Là, Francoise s'est mise à pleurer, ses mômes l'ont imitée et papa s'est levé en disant :

— Philol, je ne te permets pas de parler comme ça à Françoise ! Excuse-toi tout de suite.

— M'excuser, mais quoi encore ? C'est à elle de s'excuser. Tu sais quoi, c'est la dernière fois que je mets les pieds ici, tu m'entends ? Viens, Adèle, ai-je fait en la prenant par la main.

— Laisse Adèle, elle n'a rien à voir avec tout ça ! s'est interposé mon père.

— Ah oui, tu crois ! ai-je hurlé. Demande-lui ce qu'elle lui fait, ta Françoise, derrière ton dos, la manière dont elle la traite, les différences entre ses enfants et elle. Tu sais quoi, moi, j'espère vraiment que maman et Fred finiront par se marier, comme ça, ta pension, tu te la mettras où je pense et on n'aura plus rien à voir avec toi, on ne te devra plus rien. Ce sera à notre tour de te rayer de notre vie.

Je sais, j'y suis allée très fort, mais j'étais dans une colère terrible. Attendez, je n'en suis pas restée là :

— De toute façon, on ne pouvait pas rêver mieux que Fred pour père. Lui, ses enfants, divorce ou pas, il continue à les aimer à la folie. Et Adèle et moi aussi, il nous aime. Alors, je ne vois vraiment pas pourquoi on continuerait à venir chez ta c... de femme qu'on déteste depuis la première seconde où on l'a vue.

Sur ce, je suis sortie, traînant Adèle en pleurs, et j'ai claqué la porte.

Papa n'a même pas cherché à nous retenir. Mais il a appelé maman et, quand on est arrivées, elle était déjà au courant de toute l'histoire.

— Écoute, Philomène, il m'a dit que tu avais été particulièrement odieuse et grossière dans tes propos et il attend tes excuses.

— Je ne lui ai dit que la vérité, maman. Ça faisait longtemps que j'en avais envie. Adèle fera ce qu'elle voudra, mais, moi, je ne mettrai plus jamais les pieds chez eux. Ni weekends ni vacances. C'est fini !

Maman avait pris dans ses bras Adèle qui pleurait à chaudes larmes.

Si j'avais de la peine, moi, c'était juste d'en avoir fait à ma petite sœur.

Le soir, quand j'ai entendu sonner le téléphone alors que j'étais déjà couchée, je me suis doutée que c'était papa. J'ai donc entrouvert la porte de ma chambre pour écouter ce que maman lui disait. Et chapeau ! Elle a tenu bon. Avant, quand elle était encore seule, elle lui disait *amen* à tout. Mais là, elle n'a pas craqué.

— Non, je ne les forcerai pas à venir te voir. C'est leur choix. Adèle non plus... Elle n'a pas oublié les dernières vacances passées avec toi... Non, je n'exigerai pas qu'elle fasse des excuses à Françoise. Ce serait à elle d'en faire... Oui, Philomène n'y est pas allée de main morte, mais ça faisait longtemps que ça la démangeait de lui dire ses quatre vérités, à ta femme, qui a toujours été odieuse avec elle. Je serais toi, je les laisserais tranquilles un moment. Laisse les choses se tasser. Maintenant, si tu as vraiment envie de voir tes filles, tu peux aussi les inviter en dehors de chez toi. Un ciné, une glace, un resto de temps en temps, c'est aussi ça qu'elles attendent de toi.

Et voilà, entre papa et nous, c'est fini. Du moins pour moi. Adèle l'adore et ce sera plus difficile pour elle. Il est temps que Fred vienne s'installer avec nous. C'est drôle, jamais je n'aurais pensé que ça me plairait tant d'avoir un homme à la maison.

Encore un truc pioché sur le Net, mais je trouve ça super :

Enfant, ado, adulte :
Tu es un enfant... quand tu n'as rien à dire au téléphone.
Tu es un ado... quand tu parles des heures au téléphone.
Tu es un adulte... quand tu paies les factures de téléphone.

Tu es un enfant... quand tu ne sais pas ce que tu veux faire dans la vie.
Tu es un ado... quand tu as le goût de ne rien faire dans la vie.
Tu es un adulte... quand tu te demandes pourquoi tu n'as rien fait de ta vie.

Tu es un enfant... quand tu t'habilles comme ta mère veut.

Tu es un ado... quand tu t'habilles comme tu veux.
Tu es un adulte... quand tu t'habilles comme tu peux.

Tu es un enfant... quand tu dors toute la nuit.
Tu es un ado... quand tu dors toute la journée.
Tu es un adulte... quand tu n'arrives plus à dormir.

Tu es un enfant... quand tu ne sais même pas que tu vis.
Tu es un ado... quand tu dis que tu n'as jamais demandé à vivre.
Tu es un adulte... quand tout ce qu'il te reste, c'est le savoir-vivre.

Tu es un enfant... quand tu apprends continuellement.
Tu es un ado... quand tu n'apprends plus rien du tout.
Tu es un adulte... quand tu as tout oublié.

Tu es un enfant... quand tu ne comprends rien de ce qu'on te dit.
Tu es un ado... quand personne ne comprend rien de ce que tu dis.
Tu es un adulte... quand ce que tu dis n'intéresse plus personne.

C'est **top**, non ?

Gros délire

Ce matin, quand Isa est venue me chercher pour aller au bahut, elle faisait une drôle de tête.

— Il faut que je te dise quelque chose...

— Vas-y, qu'est-ce qui se passe ? Tu m'inquiètes.

— Voilà, je crois que je suis enceinte ! a-t-elle lâché tandis que j'en restais pétrifiée.

— Tu crois, tu n'en es pas sûre ? lui ai-je demandé en reprenant mes esprits.

— Enfin si, c'est sûr. J'ai fait le test.

Puis elle s'est tue et on est restées silencieuses tout au long du chemin. Je ne savais pas quoi lui dire. En même temps, je lui en voulais un peu de ne pas m'avoir dit qu'elle l'avait fait avec Tristan. Mais enceinte à 15 ans, ça me semblait tellement terrible.

— Tristan le sait ? ai-je fini par demander alors qu'on entrait dans la cour.

— Non, pas encore.

— Tu vas le lui dire ?

— Ben, oui... Non... Enfin, je ne sais pas.

— Pourquoi tu n'as pas pris la pilule du lendemain ? Ils la vendent en pharmacie.

Isa n'a pas répondu. N'y avait-elle pas pensé ?

— Tu ne vas pas le garder, quand même ?

— Je ne sais pas...

— Comment ça, tu ne sais pas, Isa ? Tu n'as que 15 ans, tu en auras à peine 16 quand ton bébé va naître. Tu te rends compte que tu risques de gâcher toute ta vie ? Tu l'as dit à tes parents ?

— Non, pas encore. Tu es la seule à savoir.

Après, au lycée, on n'en a plus reparlé, mais j'ai passé la journée à observer Isa, et je la trouvais plutôt cool pour quelqu'un qui venait d'apprendre qu'elle était enceinte.

Avec Tristan, elle était aussi comme d'habitude, et je trouvais ça de plus en plus louche.

Puis, à la cantine, M. Bloch est entré au self avec un énorme poisson d'avril dans le dos.

Alors j'ai regardé Isa et j'ai eu comme un doute.

— Eh, Isa..., lui ai-je lancé. Tu es sûre que c'est vrai, ce que tu m'as dit ce matin ? Ce ne serait pas un énorme poisson, par hasard ?

Elle a éclaté de rire, imitée par Tristan et Nathan qu'elle avait mis dans la confidence.

— Comme tu as mordu ! Je ne le croyais pas !

J'avoue que j'étais vexée de m'être laissé prendre au piège aussi facilement, mais ç'aurait été possible, après tout.

— Et t'avais l'intention de me le dire quand ?

— Je pensais que tu le comprendrais vite ! Je n'imaginais même pas que tu allais me croire. On est le 1er avril, non ? Je voulais savoir combien de temps tu marcherais. Je t'adore, ma Philol ! Comment tu étais embêtée pour moi !

Bon, d'accord, ce n'était qu'une blague et, avec Isa, on s'est toujours dit qu'on ferait hyper gaffe le jour où ! Je n'ose bien sûr pas encore demander la pilule à ma mère. Je sais qu'on peut aller la demander au planning familial et qu'ils la donnent gratuitement, mais ça m'embêterait de la prendre en cachette. En même temps, si je lui disais : « Maman, est-ce que je pourrais prendre la pilule car j'aimerais bien faire l'amour avec

Nathan ? », je ne pense pas qu'elle apprécierait. Il paraît que la moyenne d'âge pour le premier rapport est de 17,5 ans. J'ai donc encore largement le temps. Je ne fais pas du tout partie de ces filles qui sont pressées. Mais, si ça continue entre Nathan et moi, je me doute bien qu'il en aura envie, et moi aussi.

Bon, on n'en est pas encore là et, pour le moment, il faut surtout que je termine en beauté mon année scolaire. Le problème, c'est qu'il fait vraiment trop beau pour travailler. Jamais je n'ai vu un mois d'avril comme celui-là. Et on a plus envie de traîner dehors que de s'enfermer.

Dimanche, avec Nathan, Isa et Tristan, on a décidé d'aller pique-niquer au bois de Vincennes et de nous éclater.

Maman m'a alors demandé si je pouvais emmener Adèle, et j'ai bien sûr râlé, mais, après, je me suis dit que ce n'était pas juste, car, depuis qu'on est fâchées avec papa, maman n'a plus de week-ends pour elle. J'ai évidemment posé la question aux autres, et tout le monde a accepté. Adèle est ravie, elle ! Il va juste falloir que je fasse attention et me tienne bien. Adèle sait que je sors avec Nathan et m'a déjà vue l'embrasser, mais quand même. C'est ma petite sœur et il faut que je donne le bon exemple.

Mais le plus dingue, c'est que je me suis dit qu'elle allait peut-être s'embêter toute seule, alors je lui ai proposé d'amener une copine. Et vous savez ce qu'elle m'a dit ?

— Je ne peux pas amener un copain, plutôt ?

Trop forte, ma petite sœur !

Autre blague trouvée sur le Net à faire à votre mère le 1er avril :

Lui laisser la lettre suivante sur votre lit :

Chère maman,

C'est avec regret et tristesse que je t'annonce que je me suis enfuie avec mon nouvel amoureux. Si tu savais comme je l'aime avec tous ses piercings, ses tatouages et sa grosse moto. Ce n'est pas tout ! Je suis enceinte et Franck m'a dit que nous serons très heureux dans sa maison mobile, en pleine forêt. Il veut beaucoup d'enfants et moi, tu sais, c'est mon plus grand rêve.

J'ai appris que la marijuana n'était pas néfaste et nous avons décidé d'en cultiver pour nous et nos amis qui nous fournissent en cocaïne et en ecstasy.

Je te demande de joindre tes prières aux nôtres pour que la science trouve rapidement un remède au sida : Franck mérite vraiment de guérir.

Surtout, maman, ne t'inquiète pas. J'ai 15 ans et je sais prendre soin de moi.

Je viendrai te rendre visite un de ces jours pour te présenter tes petits-enfants.

Ta fille qui t'aime.

Je crois que si je faisais ça à ma mère, elle aurait une crise cardiaque !

Et revoilà les vacances

Les dernières avant les grandes.

Vacances sérieuses grâce à ce stage au magazine.

J'y suis depuis une semaine et je m'éclate. Ce n'est pas parce que c'est un journal lu par les vieux qu'il n'y a que des vieux qui y travaillent. Bien au contraire ! Il y a plein de jeunes très sympas. Bon, je ne fais pas grand-chose à part, comme je le craignais, les photocopies et apporter du café aux uns et aux autres. Pour me consoler, un des journalistes m'a dit que tout le monde se devait de passer par là, que le monde de l'entreprise commençait par la machine à café et la photocopieuse, mais que cela ne devait pas empêcher mes oreilles de traîner ni mes yeux de regarder. Alors c'est ce que je fais toute la journée. J'adore l'ambiance de la salle de presse, une vraie ruche où tout le monde s'interpelle, rit, râle. Ça me donne de plus en plus envie d'en faire mon métier. Non pas de porteuse de café, mais de journaliste !

Adèle est partie à la montagne avec Mouchka et Max. Ils ont aussi emmené Chloé, la fille de Fred. Je ne vous dis pas comme elles étaient contentes, toutes les deux.

Pas de nouvelles de papa... C'est fou.

On ne l'appelle plus, il ne nous appelle plus... Il nous a vite effacées de sa mémoire, dites donc.

Ce soir, j'invite Nathan au resto pour son anniversaire. Comme je ne savais pas quoi lui offrir, j'ai acheté un T-shirt blanc, basique, où j'ai fait imprimer un gros « Philol » dans le dos.

Je pensais qu'il ferait une soirée, mais il n'en avait pas envie.

Il m'a dit qu'on fêterait ça tous les deux, en tête à tête.

Je me demande ce qu'on fera pour les grandes vacances.

Je sais que Nathan part aux États-Unis en séjour linguistique au mois de juillet. La chance ! J'aurais trop voulu partir avec lui. Mais faut pas rêver. Si mes grands-parents étaient normaux et se souvenaient de notre existence, j'aurais pu aller passer des vacances chez eux. C'est trop nul. Côté famille paternelle, c'est vraiment la dèche. Je passerai donc le mois de juillet à Paris avec Isa. Tristan sera là, ainsi que Morgane et Julien.

Au mois d'août, on part quinze jours dans le Sud tous ensemble, en famille quoi.

Avec Julien, tout est clair désormais et je l'adore. Comme grand frère, je ne pouvais pas rêver mieux. Il m'a confié qu'il aimait vraiment Morgane, qu'elle le touchait infiniment. Je ne lui ai jamais parlé de l'affaire du corbeau. Mais Morgane a fini par le faire. Elle n'est pas vraiment entrée dans les détails, mais lui a parlé d'Aurélie, du blog et de Benjamin.

— Moi, je lui aurais cassé la gueule, à ce mec ! m'a-t-il confié alors, écœuré.

— Oui, mais Benjamin était notre ami, et il ne l'a pas fait dans l'intention de blesser Morgane, mais plutôt pour se faire valoir auprès d'Aurélie.

— Peu importe ! Le résultat final était le même. Est-ce que ce mec a réalisé qu'il aurait pu avoir la mort de Morgane sur sa conscience ?

— Je pense que oui. D'après Tristan, il a rapidement compris l'horreur de ce qu'il avait fait et est allé de lui-même à la police.

— Mais qu'est-ce qu'il a eu comme sanction ?

— On ne sait pas, Julien. D'après mon père, il n'y a pas vraiment de texte de loi pour le moment, et encore moins en ce qui concerne les mineurs. Mais un jour j'ai entendu la CPE en parler avec un des surveillants, et j'ai cru comprendre qu'il avait écopé d'une peine de travaux d'intérêt général. Tristan a essayé de le joindre plusieurs fois, mais Benjamin a refusé de renouer. Je crois qu'il a trop honte de ce qu'il a fait.

— Il peut !

Julien prépare le bac français et son TPE. Il travaille comme un malade. En le voyant je réalise ce qui m'attend l'année prochaine. C'est surtout le TPE (Travail Personnel Encadré, pour les ignares) qui me fait flipper. D'autant que, l'année prochaine, Isa ne sera plus avec moi et il faudra donc que je trouve une autre partenaire, car ça se fait à plusieurs. Trouver et le bon partenaire et le bon sujet, ça ne doit pas être triste. Moi, je choisirai probablement un sujet littéraire ou artistique...

Mais je n'en suis pas là.

J'ai encore du temps devant moi. Ces grandes vacances seront sans doute les dernières vraies vacances d'insouciance et d'éclate.

Et je compte bien en profiter.

Puis ce sera la rentrée, la 1re, le boulot, une partie du bac...

Ce n'est pas dans mes habitudes de penser comme ça au futur, à l'avenir. Ce doit être parce que je grandis et que je commence à me rendre compte que je marche à grands pas vers l'âge adulte.

Je repense à ce que m'avait dit Mouchka : un jour, Adèle et moi, on partira de la maison. Je suis donc hyper contente que maman ait rencontré Fred. Je pense qu'il est venu au bon moment pour nous tous.

Mais je parle comme si c'était déjà les grandes vacances alors que celles de printemps ne sont pas encore terminées et qu'on a bien deux mois avant les suivantes.

Bon, je m'aperçois que je papote, papote pour ne pas dire grand-chose. Juste pour le plaisir d'écrire, en fait. C'est devenu une vraie habitude. D'accord, je n'écris pas tous les jours, mais quand je reste trop longtemps sans le faire, ça me manque vraiment et j'y passerais alors des heures. J'aime bien relire mon journal aussi.

Il n'y a pas à dire, c'est quand même plus beau qu'un journal numérique, non ?

Le 1er mai...

C'est une sacrée chance de naître un 1er mai. Toute sa vie son anniversaire tombera un jour férié, un jour de soleil, de muguet. Ma petite sœur chérie a eu 12 ans aujourd'hui. Pourtant, c'est en larmes qu'elle s'est réveillée ce matin. Papa ne s'était pas manifesté depuis notre dernière dispute. Moi, j'étais sûre que l'anniv' d'Adèle serait l'occasion de renouer, au moins avec elle. Je me suis dit que j'attendrais jusqu'en début d'après-midi et que, s'il ne l'avait pas appelée d'ici là, je lui ferais vraiment sa fête. Mais il était 10 heures à peine quand le téléphone a sonné et que j'ai entendu maman lui dire :

— Attends, je te la passe.

Elle a tendu le combiné à Adèle qui n'arrivait pas à retenir ses sanglots.

— Je croyais que tu avais oublié, lui a-t-elle dit.

Maman et moi aussi on s'est alors mises à pleurer comme des madeleines. S'il y a une chose qu'on ne supporte ni l'une ni l'autre, c'est qu'Adèle ait du chagrin.

— Quitte pas, je demande à maman ! lui a-t-elle fait tandis qu'un grand sourire illuminait son visage.

Papa l'invitait au restaurant ce soir. Il voulait que je vienne également, mais j'ai refusé. Adèle avait bien le droit à un tête-à-tête avec lui, même si j'estimais qu'il ne le méritait pas.

190

Elle s'est faite toute belle et était prête une bonne heure à l'avance.

Quand il a sonné à la porte, je suis restée dans ma chambre. Je n'avais pas envie de le voir. Enfin si, j'avais très envie de le voir, ou plutôt qu'il demande à me voir. C'est compliqué à expliquer. Je crois que je n'arriverai jamais à le détester. Non, je crois que je n'arriverai jamais à cesser complètement de l'aimer. Si au moins il y mettait un peu du sien, reconnaissait ses erreurs et décidait de nous faire une vraie place dans sa vie... Ce ne doit pas être si compliqué. Fred fait ça très bien. Il m'a même dit qu'il se sentait plus proche de ses enfants depuis qu'il avait divorcé. Fred, c'est un vrai papa poule.

J'attends le retour d'Adèle. J'ai hâte de savoir comment ça s'est passé.

Ah, j'entends la porte d'entrée.

Je reviens !

Me revoilà.

Quand Adèle est entrée, elle m'a dit que papa m'attendait dehors, qu'il voulait absolument me voir, et que si je ne sortais pas il viendrait me chercher.

Je n'avais donc pas le choix.

Il m'attendait effectivement devant sa voiture et m'a fait signe de monter.

Il a démarré sans un mot. Moi aussi je me taisais, me demandant où il m'emmenait.

Il s'est finalement arrêté près des quais de la Seine, s'est garé, et nous sommes descendus. Il sait que c'est mon quartier préféré.

On s'est installés sur un banc, il faisait doux. Papa m'a pris la main et s'est mis à parler. Longtemps. Et je l'ai écouté. Il m'a demandé pardon, puis nous avons pleuré et on s'est réconciliés. Il m'a ensuite ramenée à la maison.

On ne pouvait pas rester fâchés éternellement. Finalement, je me rends compte que je l'aime trop. Mais rien ne m'oblige

191

à aimer sa femme, ses enfants, son autre vie. Je le lui ai dit. Il l'a compris. Il m'a promis qu'il allait désormais mieux cloisonner, plus se partager.

Il m'a confié que, s'il était très heureux que maman refasse sa vie, il ne pouvait s'empêcher d'en concevoir une certaine jalousie. Là, j'ai carrément halluciné ! Jaloux, alors qu'il l'avait laissée tomber deux fois et qu'elle avait dû passer tant d'années toute seule !

— Je sais, m'a-t-il répondu. Oui, je suis conscient du mal que je lui ai fait, mais il est trop tard. Et je crois que, au fond de moi, je n'ai jamais complètement cessé de l'aimer. C'est sans doute pourquoi je suis jaloux. Mais peu importe. C'est super pour elle, et ce Fred doit être vraiment un chic type. Adèle l'adore.

— Moi aussi, je l'aime beaucoup.

Papa a baissé les yeux.

— J'ai mérité ce qui m'arrive ! a-t-il soupiré. J'espère juste que vous n'aurez pas envie toutes les deux de me rayer complètement de vos vies comme tu l'as dit.

— Tu sais, on a essayé, mais on n'a pas réussi ! lui ai-je répondu en essayant de rire.

Quand je suis rentrée, Adèle m'a raconté sa soirée avec papa, moi la mienne, et on a encore pleuré dans les bras l'une de l'autre.

Voilà, ce fut un très beau 1er mai.

Je tombe de sommeil. Il y a cours demain.

À +

fête des Mères

S'il y a une fête particulièrement importante chez nous, c'est bien celle des Mères. Mouchka est toujours présente ce jour-là et, jusqu'alors, on en faisait toutes les quatre un moment exceptionnel. Mais cette année les choses ont changé. Nous ne sommes plus quatre. La famille s'est agrandie et Max comme Fred n'avaient pas l'intention de se laisser écarter de notre tradition familiale. Mieux, ils avaient décidé de tout organiser et de nous emmener au restaurant.

— Pourtant, a remarqué Adèle, maman et Mouchka ne sont pas vos mamans !

— C'est vrai, mais c'est la fête de toutes les mamans ! a répondu Max.

— Et qu'on n'en connaît pas de plus jolies ! a ajouté Fred.

Dans l'assiette de maman et celle de Mouchka, il y avait un petit paquet. Vu la taille, j'ai tout de suite pensé qu'il s'agissait d'un bijou. Bingo ! Et pas de pacotille, loin de là ! C'étaient des bagues de fiançailles ! Les deux amoureux ont fait leur demande, comme ça, en plein milieu du resto. Ils étaient trop mimis. Maman était carrément bouleversée. Elle ne s'y attendait pas du tout. Moi non plus d'ailleurs ! Autant je m'étais faite à l'idée qu'ils allaient vivre ensemble, autant je ne m'étais pas imaginé que maman se remarierait, et donc que Fred deviendrait officiellement notre beau-père aussi rapidement. Pour immortaliser ce grand moment, j'ai pris des photos avec mon téléphone et les ai tout de suite envoyées à Nathan qui était mort de rire.

J'ai même failli les envoyer à mon père, mais là, je me suis dit que ce ne serait pas cool du tout.

Quand Max nous a annoncé que Mouchka et lui se marieraient en juin et partiraient ensuite en croisière pour leur lune de miel, Fred a demandé à maman :

— Et si on en faisait autant ?

— Partir en croisière ? a-t-elle répondu en riant.

— Non, nous marier en juin. Mais l'un n'empêche pas l'autre !

Sept bonnes raisons d'arrêter là ce journal

1) Parce que l'année scolaire est terminée.

En beauté, en plus ! On passe tous en première. Nathan et moi en L, Isa en ES, et Tristan en S. Adèle passe en 5e avec les félicitations. Cet été, on partira les deux premières semaines du mois de juillet avec papa. Nous irons à l'hôtel. Il en a trouvé un super chouette au bord de la mer. Ensuite, Adèle et Chloé rejoindront Mouchka et Max au chalet. Et, au mois d'août, tandis que Max et Mouchka feront leur croisière, nous, avec maman, Fred, Julie et Chloé, on partira deux semaines dans le Sud où ils ont loué une maison. Seule ombre au tableau, je ne verrai pas Nathan de l'été, pratiquement. Vais-je le supporter ? On se retrouvera à la rentrée mais, sans lui, l'été sera trop long !

Avec maman et Mouchka, on est en pleins préparatifs de mariage.

Fred et maman ont commencé les travaux de l'appart' plus tôt que prévu et c'est le bazar. Max est l'homme le plus gentil que je connaisse, et je suis trop fière qu'il devienne mon grand-père.

2) Parce que, à la place de mon journal, je voudrais faire un beau carnet de vacances.

Avec photos, reportages, dessins, interviews, impressions. Ce sera aussi un excellent entraînement pour mon futur métier de journaliste grand reporter. J'ai adoré tenir ce journal tout au long de cette année scolaire où il se sera passé tant de choses, mais, maintenant que je l'ai fait, j'ai envie de m'essayer à autre chose, de plus littéraire, de plus créatif aussi.

3) Parce que j'ai moins envie d'écrire quand tout baigne, que je suis heureuse.

C'est vrai qu'il est plus facile d'écrire quand on a du chagrin. Confier ses peines au papier, ça aide à les évacuer. L'écriture, c'est une sorte de thérapie. Non pas que je me sentais malade, mais ça me faisait du bien de poser mes problèmes par écrit. Depuis que tout va bien dans ma petite vie, je ne sais plus trop quoi écrire d'intéressant et j'ai peur que ça ne devienne une bête obligation. Peut-être qu'un jour je commencerai un autre journal... Mais pas tout de suite. Je me demande parfois si le fait de tenir ces chroniques et de parler de mon quotidien ne m'aura pas permis d'y voir plus clair. Voilà, c'était une belle expérience, en tout cas.

4) Parce que ce journal est unique.

Et doit le rester. Au début, j'avais décidé d'y parler de ma petite vie de lycéenne durant toute une année scolaire. Pari tenu ! Mais il faut que ce journal soit celui de mes 15 ans, de cette année unique dans ma vie. Papa me dit toujours que 15 ans, c'est le bel âge. Eh bien, moi, je suis d'avis que 16, c'est mieux. Mais, d'un autre côté, l'année de mes 15 ans aura été celle où j'aurai rencontré Nathan. Je sais que je suis encore très jeune et qu'il n'est probablement pas celui avec qui je ferai ma vie, mais je suis très amoureuse de lui et on s'entend trop bien pour que j'aie envie, pour le moment, que cela se termine.

5) J'ai envie de recréer un blog.
Non pas pour y parler de moi, mais plutôt de livres, de cinéma, de théâtre, et même de mode ! D'y faire la chroniqueuse en fait. Il y a de plus en plus de nanas devenues des stars de la Toile et les chouchoutes de la blogosphère juste en donnant leurs avis et impressions dans leur domaine de prédilection, comme la mode, le maquillage... Mais pas question ici de langage sms ou d'orthographe approximative. Tout se joue dans le style, l'humour, les idées. J'adorerais faire ça. Pouvoir tenir un blog suffisamment intelligent et attractif pour faire le buzz et des milliers de connections, voilà qui doit être géant !

L'année prochaine, il va falloir que je me mette à fond à la littérature. Je me suis fait une PAL (Pile de livres À Lire, au cas où vous ne le sauriez pas) pour cet été. Et ce serait bien de les partager au fur et à mesure avec d'autres blogueurs/blogueuses passionné(e)s.

6) Parce que mon cahier est plein.
Et que c'est une bonne raison pour arrêter.

7) JOKER.
Pas trouvé de septième raison. À vous de voir !

Table des matières

CE ROMAN
VOUS A PLU ?

Donnez votre avis
et retrouvez
d'autres lecteurs sur

LECTURE
academy.com

Découvrez un extrait du roman
L'amour en secret
de A.E. Cannon

Ed

———•◦❊◦•———

— T'as une vraie dégaine de plouc, Ed ! déclare Maggie McIff, dite la Charmante et Talentueuse, ma jeune sœur de huit ans, alors que je m'apprête à partir pour mon job au magasin de vidéos La Vie en Bobines.

Elle a relevé le nez de sa méga pile de poupées Barbies nues juste assez longtemps pour me lancer cette remarque des plus encourageantes. Croisant mon image dans le miroir de l'entrée, force m'est de reconnaître (in petto) qu'elle n'a pas tout à fait tort. Mais permettez-moi tout d'abord une petite mise au point : quand bien même vous seriez une star de cinéma, vous auriez VOUS AUSSI une dégaine de plouc, si vous étiez obligé de porter un pantalon de smoking noir, une large ceinture rouge sur une chemise blanche à fanfreluches, un nœud papillon assorti et des chaussures cirées débiles à bouts pointus pour aller au travail. Les employés de La Vie en Bobines sont censés ressembler aux vieux portiers d'endroits comme le Théâtre chinois de Grauman à Hollywood, même si, de l'avis de la plupart de nos clients, on a plutôt l'air de stripteaseurs.

Avec des muscles un tantinet moins joliment ciselés.

Je porte en outre le badge d'un ancien employé, parce que mon patron (qui s'appelle Ali et ne m'impressionne pas qu'un peu) ne m'en a toujours pas fabriqué un à mon nom. Je travaille pourtant pour lui depuis trois semaines maintenant. C'est d'autant plus étrange que, d'ordinaire, Ali assure, question détails. Il est connu pour être le gérant le mieux organisé et le plus efficace de toute l'histoire de la location du VHS et du DVD.

À se demander ce qui se trame, vous ne trouvez pas ?

Quoi qu'il en soit, mon amie et collègue Scout Arrington m'a aidé à entrer dans sa boîte parce qu'elle sait que je n'aime pas moins le cinéma qu'elle. Et, pour tout vous avouer, je veux tourner mes propres films, un jour.

DÉFENSE DE RICANER !

Ça n'a rien d'inconcevable. Qui sait si je ne deviendrai pas le prochain Steven Spielberg ? Après tout, il faudra bien que quelqu'un s'y colle.

Mais, pour le moment, je ne suis qu'un type ordinaire et rasoir de seize ans, qui porte le nom d'Ed McIff et le badge de « Sergio ».

Sergio ?

Selon Scout, ça sonne comme un nom de jeune premier romantique dans un feuilleton télévisé.

— Alors, ça fait de moi l'Anti-Sergio en personne, aucun doute là-dessus, je rétorque.

En effet (et pour parler franchement) je NE suis PAS le genre de type dont rêvent les filles. D'abord, je suis court sur pattes.

— Tom Cruise non plus n'est pas si grand que ça, répète toujours ma mère.

J'adore comment elle évite d'utiliser le mot « petit ».

— Ouais, je réponds, mais c'est Tom Cruise. Ça compense.

Certes, personne ne rêve plus d'être Tom Cruise, maintenant qu'il est devenu de la pâtée pour psychanalystes, mais peu importe.

Je jette un dernier coup d'œil au miroir de l'entrée. Non, je n'ai pas grandi.

— C'est tous les jours que t'as une vraie dégaine de plouc, précise charitablement la Charmante et Talentueuse, histoire de lever toute ambiguïté. Seulement ce soir, c'est pire, parce que t'as les cheveux hérissés tout droit sur la tête.

Sur ce, elle continue sereinement à tresser des perles dans la chevelure d'une des Barbies nues.

— Merci pour l'info. Et TOI, dis-moi, ça te plairait si j'empruntais la boîte de chimie junior de Quark et si cette nuit, quand tu dormiras, je faisais exploser TOUTES tes Barbies ?

Quark (de son vrai nom Quentin Andrews O'Rourke) est notre voisin. Nous avons exactement le même âge, lui et moi – nous sommes nés le même jour et, quand nous étions petits, nous fêtions toujours notre anniversaire ensemble – mais, à part ça, vous ne nous trouverez aucun autre point commun. Quark est un génie qui fréquente une école pour surdoués patentés quelque part du côté de Sandy, au sud de Salt Lake City, où nous vivons.

Non seulement Quark est un génie mais, en plus, il ressemble COMME DEUX GOUTTES D'EAU à Brad Pitt, bien que : a) il ne se coiffe que rarement, et : b) il a tendance à perdre complètement les pédales quand il lui faut choisir la couleur de sa tenue. Il est également monstrueusement grand, alors j'imagine qu'il serait plus juste de dire qu'il ressemble à un Brad Pitt qui souffrirait d'un rare syndrome glandulaire propre aux superstars.

Toutefois, Quark ne se doute pas le moins du monde qu'il

est beau et, du reste, peu lui importerait, dans la mesure où il ne vit que pour les joies que lui procure la découverte scientifique.

La Charmante et Talentueuse écarquille les yeux.

— T'oserais jamais faire exploser mes Barbies, piaule-t-elle en les rassemblant comme une mère poule ses poussins, pour reprendre le vieux cliché.

Je jette un dernier coup d'œil au miroir.

— Qu'est-ce que tu paries ? Je suis une bombe humaine à retardement – quand je vous parlais de clichés – prête à exploser !

— Presque six heures ! crie M'man depuis la cuisine. C'est l'heure d'y aller, Ed !

— Oui, j'y vais.

— À plus tard... Sergio, roucoule M'man, avant de partir d'un immense fou rire, digne d'une démente ou d'un savant fou.

Ne pensez-vous pas, comme moi, qu'il s'agit là d'un comportement parfaitement anormal pour un membre féminin de la famille ? La législation fédérale ne précise-t-elle pas quelque part que les mères ne sont pas autorisées à se gausser de leur fragile descendance mâle, quand celle-ci se voit forcée d'endosser un uniforme ridicule ?

Sinon, elle le devrait.

J'ouvre notre rasoir et banale porte d'entrée et je sors dans un nouveau rasoir et banal soir d'été.

En route pour mon travail (au volant de la minable authentique Geo d'époque de ma mère), je rédige mentalement un scénario. C'est un truc que j'aime faire pour passer le temps. Ça pourrait être un bon documentaire pour la télé publique.

La Vie Rasoir et Banale d'un Jeune Américain Typique
Nommé Ed
Scénario (faiblement) original d'Ed McIff

La caméra zoome sur un Américain moyen de seize ans en caleçon de flanelle, assis sur un tabouret de bar, fort occupé à se demander s'il ne devrait pas fréquenter la salle de gym avec son amie Scout. Cette intense activité mentale l'a quelque peu fatigué et lui a ouvert l'appétit.

LE PRÉSENTATEUR (avec l'accent du Prince Charles, mais en plus prétentieux) :
Bienvenue à vous tous, brillants téléspectateurs. Vous allez aujourd'hui faire la connaissance d'un Américain moyen de seize ans. Hep, jeune homme ! Vous, là-bas !
ED (il se retourne pour voir d'où provient la voix et se lance dans sa meilleure imitation de Robert De Niro) :
C'est à moi que vous parlez ? C'est bien à MOI que VOUS parlez ?
LE PRÉSENTATEUR :
Parfaitement ! Comment vous appelez-vous ?
ED :
Ed McIff.
LE PRÉSENTATEUR :
Parlez-nous un peu de vous, Ed.
ED :
Y'a pas vraiment grand-chose à raconter...
LE PRÉSENTATEUR :
Taratata ! Voyons, vous ne voudriez quand même pas décevoir tous nos merveilleux spectateurs aux idées larges

et aux opinions politiquement correctes qui plébiscitent notre émission et d'autres sur les chaînes régionales de télévision publique, n'est-ce pas ?

ED :

Euh, je ne sais pas trop. J'y ai jamais vraiment réfléchi.

LE PRÉSENTATEUR :

Parlez-nous de vos goûts. Dites-nous, par exemple, quel est, de tous les pays étrangers que vous avez visités, celui que vous avez le plus apprécié ?

ED :

Disneyland, ça compte ?

LE PRÉSENTATEUR (il semble contrarié, mais reste poli) :

Allons, essayons encore une fois ! Quelle est la pièce de Shakespeare que vous préférez ?

ED :

Je dois avouer que Shakespeare me paraît dans l'ensemble assez faiblard : toutes ces prises de tête sur des gens qui essaient de se faire passer pour d'autres, vous ne trouvez pas ça un peu idiot, vous ?

LE PRÉSENTATEUR (l'air offensé et beaucoup moins poli) :

Il est maintenant hors de doute que nous progressons à vive allure vers un néant intégral. Reprenons, monsieur McIff. J'ai là une question à laquelle même VOUS serez capable de répondre. Racontez-nous comment vous passez vos journées cet été, s'il vous plaît.

ED :

O.K. Je me réveille vers onze heures ou midi, parce que je me suis couché tard, parce que j'ai travaillé tard la veille à La Vie en Bobines avec Scout et Ali, et parfois aussi avec

T. Monroe Menlove. Je vais à la cuisine et je me verse un grand bol de céréales. Des Lucky Charms, s'il vous plaît ! Après le petit déjeuner, je m'installe en caleçon sur le canapé et je reste un moment à zapper sur des talk-shows, histoire de voir de grandes meufs nullardes qui s'empoignent sous les yeux de leurs petits amis. Puis je prends ma douche, je m'habille et je vais chez mon voisin Quark, où je joue sur la console pendant qu'il me détaille les phénomènes fascinants qu'il a observés à la surface de la Lune la nuit précédente via son fidèle télescope. Quark en sait plus sur la Lune que n'importe quel astronaute qui y a traîné ses bottes. Bref, après, je rentre à la maison, je torture un peu ma petite sœur Maggie, puis je me change et je vais à La Vie en Bobines, où je travaille jusqu'à deux heures du matin.

LE PRÉSENTATEUR :

Et c'est tout ? Votre vie se résume à ça, jour après jour ?

ED :

Parfois, je prends des Cap'n Crunch au lieu de Lucky Charms pour le petit déjeuner. J'adore ça aussi ; et bien sûr, je change de caleçon tous les matins : je suis un mec propre, moi !

(Il s'est exprimé avec une fierté évidente.)

LE PRÉSENTATEUR :

Vous voulez dire qu'il n'y a vraiment rien d'autre ? Pas de petite amie ?

ED :

Hep, minute ! De quoi j'me mêle, d'abord ? Vous pensez sans doute que c'est du gâteau, de rencontrer une fille, pour un type de petite taille et qui doit bosser de nuit en chemise blanche à fanfreluches ?

LE PRÉSENTATEUR :

Vous a-t-on jamais dit, monsieur McIff, que vous êtes un raté ?

Coupez !

Qu'en pensez-vous ?

D'accord, d'accord ! Vous avez parfaitement raison. Pareil scénario n'a aucune chance d'être accepté par la télévision publique. Quelque chose sur Sergio, en revanche, ferait peut-être mouche.

Scout et moi, on aime bien se faire de grands délires sur Sergio, cet employé dont je porte le badge et dont personne – pas même T. Monroe Menlove, qui travaille pourtant à La Vie en Bobines depuis la nuit des temps – ne se souvient. Qui était-il ? Pourquoi a-t-il quitté son job ? Où est-il à présent ? Fantasmer sur la vie de ce mystérieux Sergio est l'un de nos passe-temps favoris.

— À mon avis, s'il est parti, c'est parce que sa famille, qui vit au Brésil et qui est immensément riche, a téléphoné pour lui dire qu'il était temps de rentrer, commence toujours Scout.

— Il doit s'occuper de leurs plantations, j'enchaîne.

— Il leur manque, ils ont besoin de lui et ils en ont marre de l'attendre pendant qu'il fait le tour du monde.

— Qu'il surfe en Australie.

— Qu'il chasse le tigre en Inde.

— Qu'il conduit sa Formule Un sur le circuit de Monaco et batifole avec des princesses aux seins nus !

— Qu'il traverse le désert égyptien à dos de chameau.

— Qu'il escalade l'Annapurna !

— Ou qu'il travaille à La Vie en Bobines, Salt Lake City,

tout simplement parce qu'il a envie de se la couler douce pendant quelques semaines, conclut Scout.

— Et comment Sergio réagit-il en apprenant qu'il doit rentrer au Brésil pour s'occuper des plantations familiales ?

— Il ne perd pas son calme. Sergio garde toujours son sang-froid, même confronté à une déception ou face au danger.

— En fait, face au danger, il rit. Ha ! Ha ! Ha !

— Certes. Mais il ne transpire pas. Sergio ne transpire jamais.

— Et quand bien même, sa transpiration serait d'une qualité supérieure !

— Excessivement virile, approuve Scout.

Elle me regarde, je la regarde, et on éclate de rire tous les deux. T. Monroe (notre crapaud de bénitier en titre) s'empresse de nous rappeler que le Seigneur réprouve toute légèreté.

Sergio, ô Sergio, où es-tu donc passé ?

Je croise les mains sur le volant de la Geo de ma mère (est-il besoin de préciser que Sergio, lui, préfèrerait mourir plutôt que d'être surpris à conduire cette épave ?) et je souris.

Quelle vie de rêve il doit mener, le vrai Sergio !

— T'es en retard ! tonne Ali, bras croisés sur la poitrine tel un gigantesque djinn, en me voyant franchir les portes de La Vie en Bobines. Pour la troisième fois ce mois-ci, ma poule !

Il me fusille probablement du regard, mais je ne saurais l'affirmer avec certitude dans la mesure où il porte constamment de grosses lunettes à verres noirs. Même à l'intérieur. Même la nuit.

Je me sens, comme toujours face à lui, envahi par un mélange de respect et d'une sacro-sainte terreur paralysante. Mesurant plus de deux mètres et pesant ses cent trente-six kilos (rien que des muscles d'acier !), Ali domine le monde, telle la Tour de Terreur incarnée. On raconte qu'il va à l'occasion à Las Vegas, où il se fait un peu de blé en disputant des combats d'ultimate fighting. On dit qu'il n'a jamais été battu. Ce type est une légende ; un mythe ambulant.

Je me dépêche de m'excuser avant de rejoindre Scout à la caisse. Elle me décoche un coup de poing amical dans le bras.

— Fainéant ! Je crois que tu essayes de te faire virer, simplement pour ne pas devoir emmener quelqu'un à la fête qu'Ali donne pour la nuit de la Saint-Jean.

Je pousse un gémissement.

— Ne fais pas cette tête-là ! me console Scout en commençant à ranger une pile de DVD qu'un client vient de rapporter. Ce n'est pas obligé que ce soit une petite amie. Ali dit qu'on peut inviter absolument qui on veut, un ami, un membre de la famille, voire un parfait inconnu. T. Monroe compte y aller avec sa mère.

— Merci pour la comparaison ! En plus, j'ai déjà demandé à Quark de venir.

Je soupire, comme vous soupireriez si vous étiez à ma place, et si Quark devait vous accompagner à une soirée.

Que je vous explique : Ali et sa dulcinée, la Princesse Guerrière, organisent chaque 21 juin une méga fête hyper courue. Ils invitent toutes leurs connaissances, la seule obligation étant de venir à deux. L'événement est un must absolu, et même T. Monroe, malgré son naturel plutôt funèbre, en bafouille de joie quand il se remémore celle de l'année passée.

En tant que nouvel employé de La Vie en Bobines, j'ai donc été, moi aussi, convié à ce bal costumé. Sauf que je n'ai pas vraiment envie d'y aller. Voici pourquoi :

Premièrement, Ali me rend nerveux. J'ai sans cesse l'impression qu'il me met à l'épreuve, et, si je ne pense pas avoir encore raté son mystérieux test, je ne crois pas non plus l'avoir réussi.

Deuxièmement, je ne sais pas comment me déguiser.

Troisièmement, je m'imagine débarquant avec Quark pour découvrir, une fois sur place, que les autres sont tous venus avec une petite amie. Je les entends déjà ricaner : « Ha ! Tu t'es encore fait avoir, McIff ! »

— Tu as trouvé quelqu'un, toi ? je demande à Scout.

— Jusqu'ici, personne, répond-elle en haussant les épaules.

Ça ne l'inquiète pas, visiblement.

— Dommage qu'on ne puisse pas s'inviter mutuellement, je blague.

Scout rougit. Bizarre !

— Te bile pas, je disais ça comme ça, j'ajoute précipitamment.

Scout écarte ma remarque d'un geste, mais sans un mot. Du coup, je me sens encore plus nul. Quand l'une de vos meilleures amies ne veut pas être vue à une fête avec vous, ça craint vraiment !

Je jette un coup d'œil à Ali qui, à l'autre caisse, parle avec des clientes – une femme âgée, accompagnée de deux fillettes en robes rose et orange, avec des fleurs en papier fichées dans leurs cheveux d'un noir bleuté. Il sourit sournoisement et se lance tout en souplesse dans l'un de ses tours de passe-passe favoris. Cette fois-ci, il demande à la femme son permis de conduire. Elle le lui tend, il le prend et l'escamote sur-le-champ, hop ! Avant de le faire soudain réapparaître derrière l'oreille de l'une des petites filles.

Les trois clientes éclatent de rire et battent des mains, ravies.

— Pas de doute, notre Ali, c'est bien le meilleur ! déclare Scout avec un sourire admiratif.

L'été, quand Scout et moi sommes absorbés par le travail à La Vie en Bobines, je ne vois pas la nuit passer. Je suis donc tout surpris d'apprendre que c'est l'heure de la pause casse-croûte.

— Tu m'accompagnes de l'autre côté de la rue, chez Smith ? je lui demande en sortant. Faut que j'achète une Barbie.

Les deux skateurs qui allaient entrer m'ont entendu.

— Ouaf, vise un peu le mec en chemise de gonzesse ! Il a besoin d'une Barbie ! s'esclaffent-ils.

Et Scout de se bidonner de conserve.

— Hé, bande de nuls, c'est pour ma petite sœur, compris ? je leur crie par-dessus mon épaule.

Puis j'explique la situation à Scout.

— J'ai pour ainsi dire flanqué une frousse de tous les diables à la Charmante et Talentueuse, juste avant de partir, ce soir. Alors le minimum, c'est bien que je lui achète encore une de ces satanées Barbies.

Très haut dans le ciel, la lune étincelle d'un éclat particulier.

— T'es un chic de grand frère, Ed, me dit Scout alors que nous traversons la rue au milieu des voitures. Exactement comme Ben.

Son aîné, Ben, a dix-neuf ans et vit quelque part dans une jungle du nord du Brésil où il passe son temps à esquiver des flopées de gros insectes et de poissons carnivores. Il est parti deux ans en mission pour l'Église des Mormons et il manque drôlement à Scout, même s'il l'a autorisée à utiliser son superbe cabriolet Mustang bleu azur 1969 pendant son absence.

— Quand la lune brille comme ça, je pense toujours à lui, murmure-t-elle. Parce que, des fois, en la regardant, il récitait la fin d'un poème que notre mère nous lisait quand nous étions petits.

Et de scander :
Puis, là-bas, sur la plage, la main dans la main,
L'on dansa au clair de la lune,
La lune,
La lune,
L'on dansa au clair de la lune[1].

— Je me demande s'il est capable de le dire en portugais, maintenant, ajoute-t-elle.

— Moi, quand j'étais gosse, je regardais toujours la lune pour faire un vœu. Mon père me disait de choisir une étoile, mais je préférais la lune, parce qu'elle est plus grosse. Je me figurais que mon vœu avait plus de chances d'être exaucé.

---

1. Edward Lear, *Nonsense Poems*, trad. de Henri Parisot, *Poèmes sans sens*, Aubier-Flammarion, Paris, 1974.

Scout rit.

— C'est bien vous, les mecs, de penser que plus gros c'est, mieux c'est ! Alors, quel est ton vœu, ce soir, Ed ?

— Aucun. Tout ça, c'est du pipeau, et je m'en moque maintenant.

Ce n'est qu'une demi-vérité. Bien que l'expérience m'ait appris que rien ne sert de tirer des plans sur la comète en contemplant la lune, je n'en persiste pas moins. Presque toutes les nuits. Et ce que j'appelle de mes vœux ce soir, alors que je suis parti acheter une énième satanée Barbie à ma petite sœur, c'est une vie un peu moins ordinairement banale et rasoir.

Je formule le vœu que la magie s'en mêle et embrase l'univers.

Quoi qu'il en soit, nous finissons par acheter à la Charmante et Talentueuse une nouvelle Barbie NASCAR[1], parce que Barbie est de nos jours si libérée qu'elle peut même conduire sa propre voiture top model rose fuchsia, c'est-y pas génial ? Puis nous retournons à La Vie en Bobines où Ali nous donne des DVD à ranger, ce qui m'occupe présentement.

Je suis dans la section des films étrangers, à me demander vaguement qui voudrait voir un film où on est obligé de se farcir les sous-titres, quand, alors que je m'apprête à ranger *Diva*, quelqu'un me tapote l'épaule.

— Excusez-moi, vous travaillez ici ?

---

1. Soit *National Association for Stock Car Auto Racing*, organisme qui gère les courses de stock-cars aux États-Unis, un des sports préférés des Américains.

Si j'avais pour deux sous de courage, je donnerais à cette question la réponse qu'elle mérite : « À votre avis ? Vous croyez que c'est pour le plaisir que je m'exhibe dans cette tenue ridicule ? »

L'une des choses que l'on apprend immédiatement, lorsqu'on entre sur le marché du travail américain et qu'on est confronté au grand public, c'est qu'il s'y trouve TOUJOURS quelqu'un pour poser une question INEPTE.

— Oui, je réponds poliment en remettant un autre DVD sur le rayonnage, avant de me tourner vers l'auteur de la question inepte...

... pour découvrir, juste sous mon nez, la déesse au coquillage, comme dans le vieux tableau italien.

Bon, d'accord. Elle ne ressemble pas *exactement* à Vénus surfant sur sa palourde. Ne serait-ce que parce que la jeune fille en question n'est pas nue.

Faites-moi confiance, si c'était le cas, je l'aurais remarqué.

Elle n'en reste pas moins la créature la plus proche d'une déesse grecque qui ait jamais foulé le sol de Salt Lake City. En voici une brève description :

Chevelure blonde

Yeux bleus

Lèvres pleines

Peau satinée

Longues jambes.

Le genre de fille qu'on reluque en se disant qu'elle a un statut social tellement plus élevé que soi qu'on n'appartient sans doute pas à la même espèce. Le genre de fille qui, notez-le bien, ne s'intéresse jamais aux ploucs en chemises à fanfreluches. Moi, au hasard.

Elle m'adresse un sourire éblouissant (vous serez sûrement ravi d'apprendre que ses dents ont la blancheur et la régularité d'une rangée de perles). Puis elle regarde mon badge.

— Sergio ? Quel joli prénom !

Sous les fanfreluches de ma chemise, mon cœur se met à battre à tout rompre. Enfin ! La magie se manifeste. La chance de ma vie. On me *voit*. OUI !!!

— Effectivement, je m'appelle Sergio, j'acquiesce, incrédule devant l'énormité que je m'entends proférer. Sergio Mendes.

Derrière moi, Scout laisse choir à grand fracas toute une pile de DVD. Je me demande dans quel recoin de mon cerveau je suis allé pêcher le nom « Mendes » ; il me rappelle vaguement quelque chose.

— Wouahhh ! Sergio Mendes ! s'exclame l'Incroyable Beauté. Tu n'es pas d'ici, alors ?

Je sais à présent qu'elle s'intéresse à moi. J'ai l'impression que les yeux de Scout vrillent des petits trous dans mon dos.

— Tu as bien deviné, je viens du Brésil, je mens avec *muy* brio, tout émerveillé de voir combien il m'est facile de raconter des bobards à cette fille.

Scout émet le même son que mon père, l'autre jour au restaurant, quand il s'est étouffé avec un morceau de burger géant au pastrami et que Jim, le patron, a dû recourir à la méthode de Heimlich pour le lui faire recracher.

L'Incroyable Beauté dirige vers cette dernière un regard chargé d'inquiète sollicitude.

— Tout va bien ? lui demande-t-elle.

— Très bien, affirme Scout.

— Tu es sûre ?

Mon amie, cramoisie, hoche la tête.

— Tant mieux, alors, dit l'Incroyable Beauté, sans quitter Scout des yeux.

Elle s'interrompt un instant, cherchant visiblement comment poursuivre la conversation.

— N'est-ce pas merveilleux que Sergio vienne du Brésil ? Un pays si lointain ! Et il parle anglais comme toi et moi !

— Exactement comme toi et moi. Et je te parie qu'il parle tout aussi couramment le brésilien ! renchérit Scout d'un air un peu trop entendu à mon goût.

Aurait-elle l'intention de me trahir ?

— Le brésilien ? reprend la Belle d'un ton songeur. Oui, tu as sans doute raison.

Scout émet un vague grognement et entreprend de ramasser les DVD.

La Belle tourne à nouveau son attention vers moi. Elle croise les bras sur ses épaules avec un soupir rêveur.

— Je n'ai jamais voyagé. Venir passer l'été à Salt Lake City chez ma tante Mary, c'est déjà le bout du monde pour moi. Et pourtant, si vous saviez combien ça me plaît, ici ! Les montagnes virent au bleu juste avant que le soleil ne se couche, alors que les collines, à la maison, sont toujours rouges.

— Et où est-ce, à la maison ? je (c'est-à-dire le Sergio disert et mondain) m'enquiers avec à-propos.

— À Santa Clara, dans le sud de l'Utah, répond-elle. Juste à côté de St George.

— Eh, mais je suis déjà allé à St George ! je m'exclame, et me rends compte aussitôt que je parle exactement comme le ferait ce pur plouc d'Ed McIff, et non Sergio, qui batifole couramment avec les princesses aux seins nus de Monaco.

— C'est bien vrai, intervient Scout, perfide. Il s'est arrêté là pour faire le plein, un jour qu'il rentrait chez lui, au Brésil !

— Au Brésil, répète avec ferveur la Belle comme s'il s'agissait d'une formule magique.

Puis elle ajoute :

— Au fait, je m'appelle Ellie. Ellie Fenn. Enchantée.

— Scout Arrington, énonce Scout d'un ton tout aussi revêche que si les forces de l'ordre venaient de la sommer de décliner son identité.

— Et moi, c'est… Sergio, j'ajoute comme pour en mieux persuader tout le monde, à commencer par moi-même.

— Sergio et Scout, Scout et Sergio, chantonne Ellie.

Mon imagination me joue-t-elle des tours, ou sa voix s'attarde-t-elle (tendrement) sur le « o » de mon tout nouveau prénom ?

— Vous êtes mes premiers amis à Salt Lake City, déclare Ellie en souriant.

— Mes employés vous renseignent-ils à votre entière satisfaction ? interroge soudain Ali qui s'est mystérieusement matérialisé à nos côtés.

Son ombre imposante plane sur nos têtes, un peu comme les ballons géants de la parade du magasin Marcy à la télévision, le jour de Thanksgiving.

Ellie nous prend chacun par un bras, Scout et moi.

— Mais oui, je vous remercie. Ils sont absolument parfaits, répond-elle avec un clin d'œil.

Il n'est pas impossible que Ali lui retourne le clin d'œil. C'est difficile à dire, à cause des lunettes de soleil. Ce qui ne fait aucun doute, par contre, c'est qu'il lui adresse un large sourire épanoui.

Séquence Scout

Lord Delvin franchit violemment la porte du presbytère alors qu'elle achevait de rédiger sa lettre. Et malgré la colère froide qu'elle sentait bouillonner en elle, Clarissa ne put s'empêcher de remarquer combien il était élégant, en culotte de cheval et hautes bottes à tige éclaboussées de boue.

Je referme brutalement le livre et le lance à toute volée à travers la pièce ; il va s'écraser contre ma collection poussiéreuse de trophées de foot, sur la commode.

Je m'adosse à nouveau à l'oreiller et me prends à songer qu'il me faudrait infliger de TRÈS sévères dommages corporels à toute personne me surprenant, au beau milieu de la nuit, assise sur mon lit à dévorer d'infâmes romans à l'eau de rose (beurk !). Je devrais lui bander les yeux et la bâillonner, puis l'interroger à la lumière crue d'une chambre de motel minable, tout ça pour savoir si, oui ou non, elle a dit à quelqu'un au lycée que je lisais des livres avec des titres comme *Lord Delvin se prononce*.

Puis, en fin de compte, je serais tout de même obligée de la supprimer.

PAPIER À BASE DE
FIBRES CERTIFIÉES

Le Livre de Poche s'engage pour
l'environnement en réduisant
l'empreinte carbone de ses livres.
Celle de cet exemplaire est de :
174 g éq. CO$_2$
Rendez-vous sur
www.livredepoche-durable.fr

Édité par la Librairie Générale Française - LPJ
(58 rue Jean Bleuzen, 92178 Vanves Cedex)

Composition Nord Compo
Achevé d'imprimer en Espagne par CPI
Dépôt légal 1re publication juin 2015
65.7791.5/01 - ISBN : 978-2-01-167243-8
Loi n° 49-956 du 16 juillet 1949 sur les publications destinées à la jeunesse
Dépôt légal : juin 2015